쇼펜하우어 인생수업

"인생을 바꿔줄 단 한 권의 책"

쇼펜하우어 인생수업

한 번뿐인 삶 이렇게 살아라

Schopenhauer's life lessons

쇼펜하우어 저 | **김지민** 엮음

HIGHEST

일러두기

* 저자 고유의 글맛을 살리기 위해 표기와 맞춤법은 저자의 스타일을 따릅니다.

들어가며

우리가 살아가면서 마주치는 수많은 질문과 문제에는 명확한 답이 없을 때가 많습니다. 그런 순간 필요한 것이 철학이 아닐까 합니다. 깊은 사유와 성찰의 도구가 되어주기 때문입니다. 철학을 읽는다는 것은 단순히 지식을 습득하는 행위만을 뜻하지 않습니다. 삶의 본질에 대해 더 깊이 이해하고 우리 자신과 나를 둘러싼 세계를 바라보는 방식 자체를 변화시킬 수 있습니다.

점점 더 우리 사회에 존재하는 문제의 깊이가 깊어지고

있습니다. 영화에서 보던 일들이 현실에서 쉽게 일어납니다. 그뿐만 아니라 세상이 변하는 속도 역시 조금만 신경 쓰지 않으면 바로 도태될 만큼 빨라졌습니다. 많은 사람이 철학책을 찾는 이유도 이 때문이 아닐까 생각합니다. 우리는 누구인지, 우리의 삶이 어떤 의미를 가지는지, 어떻게 살아야 하는지 하는 근본적인 질문들을 그 어느 때보다 더 자주 마주하고 있습니다.

결국 철학을 읽는다는 것은 우리의 삶을 보다 깊이 이해하겠다는 뜻입니다.

수많은 철학자가 있고 철학자마다 조금씩 다른 생각을 가지고 있습니다. 그중에서 아르투어 쇼펜하우어의 말을 엮기로 한 것은 몇 가지 매력을 느꼈기 때문입니다. 쇼펜하우어는 인간 욕망과 고통에 대해 깊은 통찰을 했습니다. 그의 철학의 중심에는 '의지'가 있습니다. 모든 존재의 본질적인 힘을 '의지'로 보았습니다. 쇼펜하우어의 철학은 염세적인 면이 있지만 단순히 염세적인 것에 그치지 않습니다. 해탈과 내적 평화를 추구하고 욕망을 억제하고 자아를 초월하는 것

을 담습니다. 이러한 쇼펜하우어의 생각은 많은 사람의 삶
과 세계에 대해 더 깊이 고민하게 만들고 실존적 질문과 삶
의 의미를 재조명하는 통찰력이 되어줍니다.

쇼펜하우어의 대표 저서인《소품과 부록(Parerga und
Paralipomena)》,《의지와 표상으로서의 세계(Die Welt als
Wille und Vorstellung)》등 다양한 아포리즘과 에세이를 엮
었습니다. 때로는 현대 시대에 맞게 재해석한 글도 있습니
다. 쇼펜하우어의 철학을 통해 많은 사람이 자신의 문제를
다루고 내면의 평화를 찾는 데 도움을 얻기를 바랍니다.

차례

들어가며 ⋮ 05

1장 　　 " 자아 "

01 " 삶이 괴로울 땐 일단 쉬어라 "
내가 더없이 미워질 때 ⋯ 16

02 " 인간은 인간다워지기 위해 사유해야 한다 "
나를 사람답게 만드는 것 ⋯ 19

03 " 의지가 없는 배움에는 자아도 없다 "
참된 공부라는 것 ⋯ 22

04 " 살고 죽는 문제에 구애받지 말아야 한다 "
죽음이 두렵다고 말하는 이에게 ⋯ 26

05 " 지적인 생활이 삶의 질을 올려준다 "
지적인 생활이 반드시 필요한 이유 ⋯ 30

06 " 지금 내 앞에 있는 것에 익숙해져야 한다 "
걱정이 너무 많은 당신이 해야 할 일 ⋯ 33

07 " 차라리 나쁜 가능성을 생각의 대상으로 삼아라 "
최악을 생각하라 ⋯ 37

08 " 사실 사람은 자기 외에는 그 어느 것에도 관심이 없다 "
내가 가장 존엄하다는 착각 ⋯ 40

09 " 다른 사람의 모든 것을 그대로 받아들여선 안 된다 "
성공이라는 이름의 함정 ⋯ 43

10 " 고난이 없으면 우리는 우리로 살아갈 수 없다 "
정말 나쁘기만 한 걸까? ⋯ 45

11 " 독자적인 생각으로 알아낸 것만이 엄청난 가치를 지닌다 "
진정한 공부 ⋯ 48

12 **"나이가 들수록 지금껏 살아온 인생은 짧게 느껴진다"**
추억이 사라지는 이유 … 51

13 **"행복하기 위해 행복을 제거하라"**
행복 지우기 … 55

14 **"밝음만이 행복에 직접적으로 작용한다"**
밝은 사람이 되려 애써야 한다 … 58

15 **"좋은 기운이 들어올 수 있도록 당신은 움직여야 한다"**
밝음은 움직임으로부터 온다 … 60

16 **"세상에서 가장 어려운 일은 자신을 알아가는 것이다"**
자기 인식의 힘 … 63

2장　　　"일"

17 **"내 몸과 마음이 불쾌해지지 않는 기준을 스스로 정해라"**
내 안의 위대함을 찾는 법 … 70

18 **"불행을 이미 지나간 사건으로 깔끔하게 인정해라"**
불행을 극복하는 가장 깔끔한 방법 … 74

19 **"매사에 충실하는 것이 성공을 위한 비결이다"**
선택과 집중의 역설 … 77

20 **"성공하는 사람은 정직하다"**
해낼 것이라는 느낌이 오는 사람 … 81

21 **"당신에게 주어진 것을 십분 활용해야 한다"**
주머니에 있는 것을 활용하자 … 84

22 "좋은 결과 앞에서는 힘껏 기뻐해라"
우울한 사람과 밝은 사람을 구분 짓는 것 … 87

23 "재앙을 피하는 것이 곧 위대한 성취다"
진정한 위기 관리법 … 90

24 "충분히 생각하되 결정은 빠르게 해야 한다"
생각과 결정 … 93

25 "하기로 한 일을 시작하면 다른 일에는 정신을 팔지 않는다"
진정한 의미의 선택과 집중 … 96

26 "인간에게는 활동하고자 하는 욕망이 있다"
돈도 벌고 욕구도 해소하는 일 … 99

27 "다시 일어선 사람에게 영광이 주어진다"
무엇으로부터 동기를 부여받아야 하는가? … 102

28 "현생은 감사하고 소중한 것이다"
현생의 가치 … 105

29 "열정이 떠나갔다고 한탄할 필요는 없다"
은퇴를 두려워할 필요는 없다 … 108

30 "일하는 보람은 오직 개인의 내면에서만 찾을 수 있다"
일도 즐겁게 하고 싶은 당신에게 … 111

3장 "물질"

31 "많은 것을 가질수록 많은 의무가 생긴다"
무언가를 손에 넣을수록 자유는 멀어진다 … 116

32 **"진실과 거짓을 판별할 줄 알아야 한다"**
비정한 도시에서의 생존법 ··· 120

33 **"모든 지식을 적당히 의심해보아야 한다"**
무엇을, 어떻게, 왜 배울 것인가 ··· 124

34 **"가장 강력한 즐거움의 원천은 긴장이다"**
당신이 무인도에 가져가야 할 것 ··· 127

35 **"과연 소외층을 위한 복지는 잘 이루어지고 있는가?"**
인권 신장의 양면성 ··· 130

36 **"물질이 주는 행복에는 한계가 있다"**
돈이 많으면 행복해질까? ··· 133

37 **"소유에 대한 만족은 모두에게 상대적이다"**
급 나누기에 관하여 ··· 136

38 **"더 많은 부를 얻으려 너무 노력할 필요는 없다"**
자산들 사이의 균형을 맞출 것 ··· 139

39 **"자신에게 자주 이렇게 묻자. 이것이 내 것이 아니라면 어떨까?"**
획득보다는 상실을 생각하라 ··· 142

40 **"하찮은 지금일지라도 가장 찬란했던 과거보다는 우월하다"**
가장 비싼 것은 지금이다 ··· 145

41 **"나보다 슬픈 자를 보는 일이 나를 웃게 한다"**
비극을 목격하는 일 ··· 148

42 **"독서는 생각하는 사람을 변화시킨다"**
독서의 의미 ··· 151

43 **"인간은 자신의 운명을 자신의 성격에 의해 만든다"**
운명을 결정짓는 것 ··· 153

44 **"노동자에게는 노동의 대가 대신 더 힘든 노동만이 남겨진다"**
노동자들은 몇백 년째 속고 있다 ··· 155

45 "돈은 자유를 구매할 수 있게 하지만,
동시에 인간을 새로운 종류의 노예로 만든다"
돈의 이중성 … 159

4장 "관계"

46 "동지를 구별하는 가장 좋은 방법은 소문이다"
가까울수록 상처받는다 … 166

47 "명예와 체면이 진정한 자랑거리가 될 수 있을까?"
명예는 종이로 만든 왕관에 불과하다 … 169

48 "부모는 자신이 희생했던 것들을 자녀에게 투영하려 들기 시작한다"
가족이라는 전쟁터 … 172

49 "과도한 관계 의존도 일종의 질병이다"
나는 나와 함께한다 … 175

50 "배울 점이 하나라도 있는 친구를 사귀어라"
진짜 친구와 가짜 친구 … 178

51 "사람들이 원하는 모습을 언제까지나 보여줄 수는 없다"
원만한 관계는 나로부터 온다 … 181

52 "우리의 인생을 타인의 시선에서 벗어나게 하자"
타인의 의견에 매몰되지 말 것 … 184

53 "적당한 범위 안에서 관계들을 최대한 단순하게 정리하라"
넓은 곳에서는 불행이 자라난다 … 187

54 "상대방에게 너무 다정한 사람이 되어서는 안 된다"
소중할수록 무심해야 한다 … 190

55 "누군가의 잘못을 그냥 잊어버린다면, 그는 같은 잘못을 또 저지른다"
쉽게 용서하지 마라 ⋯ 193

56 "때로는 믿는 척하고 때로는 믿지 않는 척해라"
게임에서 이기는 방법 ⋯ 196

57 "분노나 증오를 보이는 가장 좋은 방법은 행동이디"
차갑게 화내라 ⋯ 199

58 "세상에서 나만 우울해하고 있다는 착각을 버려라"
우울 앞에서의 연대 ⋯ 201

59 "자신감이 넘치는 사람은 오히려 과묵하다"
실력자를 알아보는 법 ⋯ 204

60 "판단할 기회를 남에게 양보하지 마라"
권위라는 이름의 함정 ⋯ 208

생각하라.

삶을 생각하는 것이야말로 가장 행복한 일이다.

1장   " **자아** "

" 삶이 괴로울 땐
일단 쉬어라 "

- 아르투어 쇼펜하우어 -

■ 내가 더없이 미워질 때

많은 사람이 하루를 마무리하며, 또는 어떤 하나의 커다란 프로젝트를 끝내며 '반성하는 시간'을 갖곤 한다. 그러면서 반성의 시간을 굳이 갖고 있지 않은 사람들에게는 "너는 반성하는 시간을 억지로라도 만들 필요가 있어"라고, 마치 반성을 어떤 이롭고 효과가 좋은 태도인 것처럼 설파하기까지 한다. 반성은 억지로라도 시간을 만들어서 해야 할 만큼 필수적인 일일까?

사실 반성은 스스로를 혐오하는 행위에 지나지 않는다. 스스로가 한심하게 여겨질 때 사람들은 이전에 뭔가 잘못한 일이 없었는지를 찾으려고 애쓴다. 그러다 나름대로 잘못이라고 생각하는 것 하나를 찾으면, 그것만을 파고들며 무턱대고 자신을 추궁하기만 한다. 하지만 그런 행위에는 지금의 내 기분이나 컨디션을 나아지게 만드는 효과도, 미래의 내가 같은 실수를 반복하지 않을 거라는 약속도 없다. 사람은 쉽게 바뀌지 않는 존재이기 때문에, 언젠가 어떤 형식으로든 비슷한 실수를 거듭할 것이기 때문이다. 그렇다면 다시 한번 생각해보자. 당신이 매일 밤 따로 시간을 마련하여 반성을 하는 데에는, 과연 어떤 대단한 의미가 있는 것일까?

그럴 바에야 생각을 멈추고 일찍 침대에 몸을 누이는 편이 훨씬 낫다. 마음이 지난 시간을 되돌아보고 있다는 것은, 어쩌면 심신에 충분한 휴식이 필요하다는 신호일 수도 있다. 지난 시간이 후회된다면 쉬어라. 쉬는 게 최선이다. 괴롭다면 평소보다 더 깊게 쉬는 것이 유일한 방법이다. 그리고 아침 일찍 눈이 떠진다면, 그때 새로운 시작을 결심하고 다시 앞으로 나아가기만 하면 된다.

" 인간은 인간다워지기 위해
사유해야 한다 "

- 아르투어 쇼펜하우어 -

■ 나를 사람답게 만드는 것

세상 사람들의 대화를 가만히 귀 기울여 보면, 사람들은 사람이 아닌 것들을 이야기할 때 은근히 폄하하고 내려다보는 듯한 말투를 쓰는 것을 알 수 있다.

예를 들면 자기 기준에 쓸모 없는 사람들을 향해 "잡초 같다"라고 이야기한다거나, 추악한 범죄를 저지른 이들에게 "짐승만도 못한 사람이다."이라는 말을 하는 식이다. 이러한 언어들 속에는 기본적으로 동물이나 식물들보다 사람이 훨씬 더 존귀하고, 사람이 되기 위해선 어느 수준 이상의 능력이나 도덕성 같은 것이 있어야 한다는 인식이 들어 있다.

그렇다면 동물 또는 식물과 사람을 나누는 기준은 무엇일까? 과연 사람은 동물, 식물들과는 다른 어떤 특징을 갖고 있기에 스스로를 존엄하게 여기는 걸까? 따지고 보면, 생식하는 일, 그러니까 살아서 자신의 유전자를 후대로 퍼뜨리는 일은 어디에나 흔하게 존재하는 식물들도 하는 일이다. 또한 아픔을 느끼거나 추위와 따뜻함을 느끼는 일, 맛과 소리를 느끼는 일처럼 감각하는 일 역시 모든 동물이 할 수 있는 일이다. 그러니 다시 생각해 봐야 한다. 살아서 걸어 다니고 자손을 낳고, 음식을 먹고 날씨에 따라 옷을 입는다는 이유로 인간은 존엄할 수 있는 것일까? 아마 이에 대해 분명히 답할 순 없을 것이다.

아마 인간과 인간이 아닌 것을 구분하는 가장 명확하고도 커다란 요소는, '사유'일 것이다. 데카르트에 따르면 사유는 '의심하고, 이해하며, 긍정하고, 부정하며, 의욕하고, 의욕하지 않으며, 상상하고, 감각하는 것'이다. 비단 데카르트의

정의를 따르지 않더라도, 무언가를 두루 생각하고 개념화하며 추리하고 판단하는 일, 즉 '깊고 넓게 생각하는 일'을 행할 수 있는 것은 사람만이 할 수 있는 일이다. 바로 이 사유가 인간에게만 허락된 행위, 인간과 인간이 아닌 것을 구분할 수 있는 유일한 행위인 것이다.

우리가 진정으로 사람다운 삶을 살기 위해서, 나 자신과 타인으로부터 혐오받지 않는 당당한 삶을 살기 위해서는, 반드시 사유해야 한다. 사유를 통해 사람은 사람다워지고 사유를 삶의 본질로 삼아야만 사람은 끝까지 사람으로 있을 수 있다.

생각하라. 삶을 생각하는 것이야말로 가장 행복한 일이다.

" 의지가 없는 배움에는
자아도 없다 "

- 아르투어 쇼펜하우어 -

■ 참된 공부라는 것

청소년기에는 왜 공부를 하는 것일까?

'청소년'이라는 신분과 '학생'이라는 신분은 엄연히 구분되
어야 하는 별개의 신분이다. 청소년이 어린이와 어른의 중
간 단어를 일컫는 시기적인 자격이라면, 학생은 배우는 사
람이라는 뜻을 지닌 기능적이고 동사적인 자격이기 때문이
다. 그러나 청소년기를 지내는 거의 모든 이들은 청소년임
과 동시에 학생이다. 도중에 학생임을 포기하는 이들도 물

론 있지만, 아주 기초적인 교육 과정은 누구나 거치며, 많은 국가에서는 그것을 의무로 규정해 놓기까지 했다. 과연 청소년기에는 왜 학생으로서 공부를 해야 하는 걸까? 왜 그들에게는 교육이 필요한 걸까?

청소년기의 경험은 인간의 두뇌가 활동을 멈출 때까지 소중하게 보관된다. 그와 동시에 행동과 사고에 절대적으로 영향을 미치는 '가치판단'의 원형으로서 아주 커다란 의미를 지니고 있다. 그러므로 청소년기에 올바른 경험들을 축적한 사람은 사회가 요구하는 올바른 사람, 도덕적인 사람으로 살아가기가 쉽고, 반대로 청소년기에 잘못된 경험들을 겪은 사람은 잘못된 행동과 사고를 일삼아 도덕적이지 못한 삶, 불우한 삶을 살게 되는 경우가 많다.

몇 세대에 걸쳐 이러한 사실을 체험한 기성세대는 자라나는 청소년들에게 그들이 아직 경험으로 인식하지 못한 미지의 개념과 지식을 '교육'이라는 이름으로 주입하려고 한다. 그러므로 교육의 기본은 가치판단의 강제적 주입이라고 할 수 있다.

하지만 간과하지 말아야 할 것이 있다. 인간에게는 지식이 필요하지만, 지식과 더불어 '지성' 역시 필요하다는 사실이다. 지식이 인식이라면 지성은 의지다. 인식은 객관화를 추구하고 의지는 주관화를 추구하므로 지식은 수동적이고 지성은 능동적이다.

그러므로 청소년기에 행해지는 교육을 삶의 전부인 것처럼 받아들이는 것은 분명 경계해야 할 일이다. 그것은 곧 나의 인생을 내가 아닌 다른 사람의 의도와 경험에 휘둘리도록 가만히 보고만 있겠다는 뜻이 되기 때문이다. 의지가 없는 배움에는 '자아'가 없다. 인식은 인간이 가장 자랑할 만한 지적 활동 중 하나이지만, 의지가 없는 상태에서 발생한 인식은 조건 없는 수용에 불과하다.

그렇다면 어떻게 해야 할까? 인식은 배제하고 의지만을 좇아야 하는 걸까? 그렇지 않다. 의지뿐인 인생은 야만에 불과하다. 평생을 절망과 불행, 타락 속에서 살다가 죽음을 맞는다는 점에서 인식뿐인 삶과 의지뿐인 삶 모두 건강한 방향이라고 할 수 없다.

그렇다 보니 우리는 그런 모습을 자주 목격한다. 공부하는 것을 죽기보다 싫어하는 학생들의 모습과 어른이 되고 나서야 이것저것 배워보고자 하는 욕구를 불태우는 어른들의 모습을 말이다. 인식만이 존재하는 시기는 불안정하고 의지만이 존재하는 시기는 야만적이다. 따라서 어느 정도

나이가 들었을 때, 적당한 의지를 토대로 인식을 채워 넣게 되는 것, 그리하여 조금 더 성숙한 내가 되어가는 것을 보고 우리는 '어른이 되었다'라고 말할 수 있는 것인지도 모른다.

" 살고 죽는 문제에 구애받지 말아야 한다 "

- 아르투어 쇼펜하우어 -

■ 죽음이 두렵다고 말하는 이에게

옛 대륙의 한 황제는 늙지도 않고 죽지도 않는 삶을 꿈꿨었다. 그래서 전설로만 전해져 내려오던 '늙지 않는 약초'를 실제로 찾기 위해 온 대륙을 들쑤신 것은 물론이며, 현대에선 인체에 아주 치명적인 물질이라고 모두가 인지하고 있는 수은을 섭취하기까지 했다. 소량 섭취 시 일시적으로 피부가 팽팽해지는 효과가 있기에, 황제는 이를 불로장생약으로 믿어 매일같이 수은을 먹고 몸에 발랐다. 하지만 그 모든 노력은 그의 젊음을 지켜주지도 죽음으로부터 구해주지도 못했다. 황제는 다른 많은 사람이 그렇듯, 백 년도 채 되지 않는 기간을 살다가 죽음을 맞았다.

너무 멍청한 이야기 같은가? 역시 옛날 사람들은 야만적이며 무식하다는 생각이 드는가? 하지만 젊음을 유지하고 죽음을 몰아내려는 시도는 몇천 년이 흐른 지금까지도 이어져서 신묘한 힘이 담겨 있다는 엉터리 묘약을 사기꾼으로부터 사서 마시는 사람들이 여전히 존재한다.

살고 죽는 문제는 스스로 선택할 수 있는 문제이며, 원한다면 얼마든지 미룰 수 있고 언젠가는 그렇게 되고 말 거라고 사람들은 믿지만 죽음은 태어남과 함께 쌍을 이루어 이 세상을 찾아온 쌍둥이 같은 존재이다. 삶과 죽음은 본질적으로 차이가 없다. 죽음이 삶을 위태롭게 만들지 않고 삶이 죽음을 비굴하게 만들지 않는다는 말이다.

세상의 아주 작은 일부를 자세히 관찰해보면, 곤충이 알을 낳고 겨울잠에 드는 것, 또는 알을 낳고 그곳에 사체로 남아 봄에 태어날 자식들에게 먹이가 되기를 자처하는 것을 볼 수 있다. 혹자는 그 작고 짧은 순환을 아주 가련하게 생각한다. 하지만 그 흐름들은, 내일 먹을 음식과 내일 입을 옷, 내일 할 일을 생각하고 미리 준비하는 인간의 삶과 다를 바가 없다. 인간의 삶이라고 해서 곤충과 동물의 삶보다 더 특별하지만은 않다는 것이다.

인간의 삶과 죽음이 특별하지 않다는 것은 고개를 돌려 세상을 둘러보기만 해도 곧바로 알 수 있다. 숭고한 죽음을 맞는 사람도 있기는 하지만, 예기치 못한 사고에 의해 죽는 사람도 있고 헛웃음이 나올 정도로 허탈하게 죽는 사람도 있다. 개미가 길을 지나는 사람의 발에 밟혀 죽듯이, 거대한 자연의 흐름에 휩쓸려 죽는 줄도 모르고 죽는 사람들이 매년 발생한다. 사람들이 믿는 것처럼 특별한 삶을 타고났다면 과연 누가 그런 죽음을 의도했단 말인가? 뭘 잘못했다고?

그저 죽음을 맞이할 뿐이다. 우리를 둘러싼 거대한 자연은 생명 하나하나의 삶과 죽음이 자신과 그다지 관련 없으며 이전에도 딱히 관심을 가진 적도 없다고 무심하게 말한다.

이제는 죽음을 받아들일 시간이다. 건강한 삶을 위한 노력은 괜찮을 수 있겠지만 죽음을 조금이라도 미루려고 발악하는 일은 어리석은 일이라는 것을 인정해야 한다. 그런 애꿎은 곳에 열정을 쏟을 바에야 그 무엇보다도 귀한 지금에 최선을 다해 살아내는 것이 여러모로 현명한 길일 것이다.

땅에서 나무로, 나무에서 다시 땅으로. 그렇게 나뭇잎이 계절에 따라 순환하듯 우리도 살고 죽는 문제에 구애받지 말아야 한다. 인간에게 해줄 수 있는 말은 이것뿐이다.

05

" 지적인 생활이
삶의 질을 올려준다 "

- 아르투어 쇼펜하우어 -

■ 지적인 생활이 반드시 필요한 이유

골프, 악기 연주, 음악 감상 등, 남들이 다 하는 취미를 '남들이 다 한다고 해서' 따라서 할 필요는 없지만 한편으론 아예 지적인 활동을 하지 않는 것도 그것대로 문제가 된다.

어떤 일에 열렬한 애정을 가지고 열중하는 마음을 우리는 열정이라고 부른다. 우리의 생활은 이 열정에 따라 움직이지 않으면 금방 지루하고 건조해진다. 하고 싶은 것이 아니라 해야 하는 것만 꾸역꾸역 하다 보면, 자아도 없이 그저 이용당하고 있는 기계가 된 느낌을 받고 마는 것이다. 하지만 그렇다고 열정에만 집중해서 움직이다 보면 그 삶은 곧 고통스러워진다. 방탕한 생활에 찌들거나 빚과 질병으로부터 반격당하기 십상인 것이다.

실제의 삶을 사는 것과 동시에 지적인 삶을 살면 고통스럽지 않고 활기차면서도 열정적으로 살 수 있게 된다. 그러려면 의지와 기본적인 지성만으로는 부족하다. 그보다 많은 지성이 필요하다. 지성이 남아돌아야만 한다. 그래야만 순수하게 지적인 일을 할 수 있기 때문이다. 넘치는 지성의 양에 따라, 그리고 지성의 수준에 따라 무언가를 수집하는 데에서부터 시작해 글을 쓰는 것, 문학이나 철학 같은 것에 빠져들어 공부하는 일 등, 자신의 수준에 맞는 지적인 활동을 찾아서 수행할 수 있게 된다.

A와 B 두 사람이 있다고 가정해보자. A는 퇴근 후에 침대에 누워 무료하게 휴대폰만 바라보는 사람이다. 하지만 B는 여유 시간이 생기면 좋아하는 공연을 보러 다닌다. 심지어 같은 공연이라도 배우가 다르면 느낌이 다르기 때문에 똑

같은 공연도 몇 번씩 관람하는 사람이다. 과연 두 사람 중에 어떤 사람이 더 행복한 삶을 영위할까? 정답은 B다. A와 비슷하게 생활하는 사람들은 퇴근 후의 저녁보다 훨씬 더 긴 여유 시간이 생기면 방황한다. 침대에 누워서 무료하게 휴대폰만 바라보는 시간은 말 그대로 무료한 시간일 뿐이다. 아무것도 채워주지 못한다. B와 비슷하게 생활하는 사람들은 여유 시간이 생기면 삶의 질이 올라간다. 자신이 좋아하는 지적 활동으로 인하여 삶이 더 풍요롭게 채워지기 때문이다. 그런 미묘한 차이는 삶의 전반에 영향을 미친다. 무료하고 지루한 일상이 반복되면 커다란 권태로 돌아오기 때문이다.

이렇듯 지적인 생활은 시시때때로 삶을 침범하려 하는 권태를 막아줄 뿐 아니라 그것으로부터 오는 치명적인 결과로부터도 나를 보호해준다. 나쁜 무리와 어울리는 일, 위험과 불행, 손실과 낭비로부터 나를 지켜주는 벽이 되어주는 것이다.

06

" 지금 내 앞에 있는 것에
익숙해져야 한다 "

- 아르투어 쇼펜하우어 -

▪ 걱정이 너무 많은 당신이 해야 할 일

인류의 역사는 늘 공포와 함께해왔다. 전염병이 새롭게
창궐할 때마다 근방의 사람들은 보이지 않는 죽음의 신이
두려워 집 문을 걸어 잠갔고 자연재해가 자신들을 뒤덮을
때마다 하늘 위에 있는 신이 진노를 멈춰주기를 간절히 바
랐다. 금융위기가 덮친 이후엔 다시 위기가 덮쳐올 것을 두
려워해 그 어떤 소비와 투자도 마음놓고 하지 못했다.

자연스러운 현상이다. 인간은 인간이기 이전에 동물이

다. 동물의 입장에서 바라보면 걱정을 하고 경계를 하는 것은 당연한 것이다. 자연 속에서 어떤 위험한 동물을 만나거나 목숨을 위협할 수도 있는 새로운 열매를 접했을 때 아무런 경계도 하지 않았던 인간은 다 죽었을 것이다. 지금까지 살아남았다는 것은 경계를 했다는 것이고 그렇기 때문에 우리에게는 경계하고 걱정하고 의심하는 심리가 내재되어 있을 수밖에 없다. 문제는 오늘날을 살아가는 사람들은 걱정이 필요 이상으로 많다는 점이다.

길을 걷다가도 자동차가 인도 위로 올라오지는 않을까 겁내고, 안전한 공간이어야 할 집에 앉아 있을 때도 건물이 무너질 것을 겁낸다. 하루아침에 사기를 당해서 거지가 되진 않을까 두려워하며 소행성에 충돌하여 다시 빙하기가 시작되진 않을지, 나라가 망해 화폐가 종잇장이 되진 않을지와 같은 터무니없는 것마저도 진심으로 걱정하는 것이다.

물론 아주 잠시나마 두려움이 사라지고 마음이 안정될 수는 있다. 하지만 그들은 걱정 반대편에 걱정만큼이나 높게 쌓아둔 욕망 때문에 더 많은 걱정을 만들어내기 시작한다.

그런 사람들은 마음이 너무 시끄럽다. 단 한시라도 마음 놓고 지금을 만끽하거나 지금에 충실하지 못하고 신경쇠약에 가까운 상태로 일상을 지낸다. 그러다 보면 충분한 능력과 지식을 갖고 있음에도 그것의 반도 미치지 못하는 성과를 거두게 되고 그러한 성과는 다시금 그에게 불안과 걱정이 되어 돌아간다. 그야말로 악순환인 것이다.

그런 것들로부터 인생의 평온함을 빼앗기지 않기 위해서 필요한 것은 두 가지다. 하나는 아직 일어나지 않은 일을 미리 걱정하지 않는 것이다. 지금 내 앞에 있는 것에 익숙해져야만 한다. 아주 멀리 있거나 일어날 확률이 희박한 것까지 걱정하기엔 마음의 여력이 턱없이 모자라며, 생각하는 방식을 뿌리부터 바꿔야만 여생을 조금이나마 더 편안하게 지낼 수 있음을 인정해야 한다.

또 상상력을 필요 이상으로 좋은 쪽에만 발휘하는 것 역시 좋지 않다. '오늘에야말로 복권에 당첨된다면', '이 종목에 투자해서 막대한 수익을 낸다면'과 같이 기약도 없는 호

재에 기뻐하고 그 상황에서 누릴 것들마저도 미리 생각해 두는 식이다. 그들은 그렇게 시도 때도 없이 공중누각을 지어 기대하고 실망하기를 반복한다. 그러한 헛된 기대는 내 마음을 깎아먹는 주범이다. 기대를 쌓아 올리자마자 한숨을 쉬며 허물어질 때마다 너무도 비싼 대가를 치르기 때문이다.

그러므로 우리는 일어날지 확실하지도 않은 것에 대해 기대하지도 말고, 나중에 일어날 수도 있는 재난을 미리 떠올리며 마음을 괴롭히지도 않아야 한다. 차라리 이것들이 완전히 일어날 가능성이 없거나 아니면 아주 터무니없는 것이라고 생각하는 편이 더 나을 것이다.

07

" 차라리 나쁜 가능성을
생각의 대상으로 삼아라 "

- 아르투어 쇼펜하우어 -

■ 최악을 생각하라

흔히 상황이나 기분이 좋지 않을 때마다 유리한 것들만을 생각해 스스로의 판단력을 흐리게 만들곤 한다. 이를테면 이런 것이다. 다니고 있는 회사의 다른 모든 실적이 바닥을 치고 있지만, 옆 부서의 실적만큼은 하늘을 뚫고 있으니, 어떻게든 회사는 앞으로 굴러갈 것이며, 자신의 앞날 역시 보장될 것이라고 생각하는 것이다. 또는 후반전만을 남겨놓은 축구 경기에서 점수는 상대편에게 3대 0으로 크게 뒤처지고 있지만 볼 점유율만큼은 우리 팀이 압도적으로 높으

니, 남은 45분 동안 충분히 4골을 넣을 것이라고 낙관하는
것이다.

조금만 통찰력을 갖고 바라보면 그러한 일시적이고도 애
처로운 희망들에는 환멸이 들어 있음을 알 수 있다. 그리고
그러한 희망이 이내 차가운 현실에 부딪혀 산산이 부서지
면, 그 안에 들어 있던 환멸감을 피할 수 없게 된다. 환멸감
을 온몸에 뒤집어쓰고는 다시 일어나지 못할 것이라는 생
각이 들 정도로 크게 좌절하고 만다.

그럴 바에는 차라리 나쁜 가능성을 우리 생각의 대상으로
삼는 편이 더 낫다. 그래야 우리는 그러한 나쁜 가능성을 막
기 위해 예방책을 준비할 것이고 나중에 실제로 나쁜 일이
일어나지 않는다고 하더라도 생각지도 못하게 기분이 좋아
질 것이다.

그렇기에 때로는 우리에게 닥칠 수도 있는 큰 불행을 생
각해보는 것은 좋은 일이다. 실제로는 일어나지 않을 큰 불
행들을 생각하다 보면 그보다 작은 불행을 겪었을 때 그것

을 견디는 것이 수월해진다.

08

" 사실 사람은 자기 외에는
그 어느 것에도 관심이 없다 "

- 아르투어 쇼펜하우어 -

■ 내가 가장 존엄하다는 착각

대부분 사람은 매우 주관적이다. 그래서 기본적으로 자기 자신 외에는 그 어느 것에도 관심이 없다. 인정하지 못하는 사람도 있을 수 있겠지만 어쩔 수 없는 사실이다. 그렇기에 사람들이 무슨 이야기를 하든 즉시 자신과 연관 지어 생각하기 시작한다. 그 이야기가 자신의 경험과 닮아 있거나 마침 자신 역시 생각하고 있는 것이라면, 곧바로 눈을 반짝이며 그것과 관련한 대화에 집중하기 시작한다. 하물며 대화의 소재가 개인적인 것과 아무리 먼 이야기일지라도 자신과 아주 조금이라도 관계가 있다고 생각되면 거기에 관심을 빼앗겨 판단력이 흐려질 정도로 빠져들기 시작한다. 반면에 그 이야기가 사실은 굉장히 중요하고 가치 있는 이야기라고 하더라도 자신의 흥미를 끌지 못하면 이유도 묻지 않고 그 것을 무시하거나 인정하려 들지 않는다.

그러기에 사람들은 세상의 너무도 많은 이야깃거리 앞에 서 쉽게 주의가 산만해지고, 쉽게 상처받고, 쉽게 화를 내고, 쉽게 모욕감을 느끼고, 쉽게 감정이 상한다.

그런 사람들이 열광하는 것이 바로 별자리, 타로, 점성술 과 같은 미신들이다. 모든 것을 자신의 일과 관련 짓고 어떤 생각이든 곧바로 자신과 연결 지어 '가련한 인간'의 주관성 을 입증해주는 대표적인 것들 말이다. 그들은 위대한 천체 의 운행을 보잘것없는 인간 개인과 연관 짓고 하늘의 혜성 을 지상의 분쟁이나 천박한 일과 관련 짓곤 한다.

그들에게 한번 묻고 싶다. 정말로 별의 움직임이나 몇백, 몇천 년에 이르는 시간의 주기가 자신의 운명과 관련이 있다고 믿는가? 이 광활한 우주에서 그만큼이나 스스로가 가치 있고 거대한 영향력을 지녔다고 생각하는가?

그에 준할 정도로 위대한 사람으로 살아가기 위해선 최우선으로 '내가 세상에서 가장 존엄하다'는 생각부터 버려야 한다. 위대한 사람들은 사소한 일 앞에서 쉽게 주의가 산만해지지도 않고, 쉽게 상처받지도 않으며, 쉽게 화를 내지도, 쉽게 모욕감을 느끼지도, 쉽게 감정이 상하지도 않는다. 그저 모든 말과 행동을 있는 그대로 받아들일 뿐이다. 좋지 않은 소식 좋은 소식 모두를 확대해석하지 않고 있는 그대로 받아들이며 나도 사람들과 마찬가지로 보통의 존재에 불과하다는 것을 인정해야 한다. 위대한 삶을 만들어가는 시작점은 바로 보통으로서의 자신을 인정하는 것에서부터일 것이다.

09

" 다른 사람의 모든 것을
그대로 받아들여선 안 된다 "

- 아르투어 쇼펜하우어 -

■ 성공이라는 이름의 함정

요즘 사람들은 다른 사람들의 성공 신화에 중독에 가까울 정도로 심취해 있다. 밑바닥에서부터 시작해서 수천억의 자산가가 된 사람의 이야기에 열광하며 그의 말을 하나부터 열까지 다 믿는 것은 기본이요, 순수하게 자기만의 경험과 감정에 따라 결정하고 움직여야 할 인간관계 역시 '전문가'라고 떠들고 다니는 사람들의 말에 휘둘려 단 하나도 혼자 결정하지 못한다. 일터에서 남들보다 주목받는 법을 교리처럼 외우고 행동하지만 다른 사람들 역시 그것을 달달 외우고 똑같이 실천하고 있다는 사실, 그리한들 절대 주목받지 못할 것이라는 사실을 자신만 모른다.

백만장자가 된 사람이 쓴 책을 십만 명이 읽는다고 해서 절대 십만 명의 부자가 새로이 탄생하지는 않는다. 당연한 일이다. 나와 다른 사람의 처지와 상황, 관계는 결코 나와 같지 않은 데다가 성격의 차이가 행동에도 다른 영향과 분위기를 주기 때문이다. 그러므로 두 사람이 같은 행동을 해도 같지 않은 것이다.

자기보다 여러모로 앞서 있는 사람들로부터 조금이라도 좋은 점을 가져오고 싶다면 그들의 가르침을 따를지라도 성숙한 반성과 신중하고 깊은 숙고를 거친 후에 자신의 성격에 따라 실행해야 한다. 이러한 독창성은 실천적인 면에서도 필수적이다. 그렇지 않으면 당신이 하는 일이 당신의 모습과 일치하지 않게 된다. 아무리 화려한 옷감으로 만들어진 옷일지라도 내 몸에 너무 꽉 끼거나 후줄근하면 절대 주목받을 수도 찬사를 받을 수도 없게 되는 것처럼 말이다.

10

" 고난이 없으면
우리는 우리로 살아갈 수 없다 "

- 아르투어 쇼펜하우어 -

■ 정말 나쁘기만 한 걸까?

'궁핍, 고난, 고통, 노력의 좌절….'

이런 말들을 보면 무슨 생각이 드는가? 마냥 안 좋다는 생각부터 드는가? 아마 삶에서 가급적 마주치지 않기를 바라는 단어들로 여길 것이다. 누군가는 이 글자들을 읽는 것만으로도 기분이 우울해지거나 입맛이 떨어진다고 대답할지도 모른다.

그렇다면 이러한 것들이 당신의 삶에서 완벽히 사라진다

45

면 어떻게 될 것 같은가? 마냥 좋기만 할까? 모든 부분에서 가난하지 않으며, 쌀알 한 톨만 한 고난조차 없이 탄탄대로가 펼쳐지며 어떤 고통이나 좌절도 없이 살아가는 삶이 눈앞에 펼쳐질까? 당신은 그런 삶을 살며 진심으로 행복을 느끼게 될까?

눈에 보이지는 않지만 우리의 몸은 평생을 쉬지도 않고 대기의 압력을 받아내고 있다. 숨 쉬고 있는 이 순간에도 모든 방향으로부터 압력이 우리 몸에 골고루 가해지고 있는 것이다. 이러한 대기의 압력이 없으면 우리의 몸은 순식간에 부풀어 올라 폭발해버리고 만다. 우리는 지금 이 순간에도 뼈와 살이 제멋대로 날뛰지 않도록 적당한 압력으로 잡아주고 있는 기압에 기대어 살아가고 있다.

어린아이들도 공휴일이라 유치원에 가지 않으면 좋아한다. 초등학생도 고등학생도 똑같다. 직장인은 오죽하겠는가. 연휴만 바라보면서 몇 달을 버티는 사람도 있다. 어린아이일 때도 유치원에 가기 싫은 이유는 존재했고 성인이 되어서도 출근하기 싫은 이유는 존재한다. 아마 어린 시절에는 이렇게 생각했을지도 모른다. '얼른 어른이 되고 싶다. 그럼 유치원이나 학교에 갈 일이 없을 텐데' 하고 말이다. 상황이 달라져도 고난은 항상 있다. 어린아이는 어린아이 나름 대로의 고통이 있는 것이고 어른은 어른의 고통이 있는 것처럼 말이다. 어린아이는 용돈이 부족해서 궁핍함을 느낀다. 어떤 물건을 살 때 가격을 보지 않을 만큼의 재력가는 돈에서는 자유로울 수 있으나 그 위치까지 올라가느라 많은 사람과 등을 져 혼자 지내는 시간이 많을 수도 있다. 그럼 그 사람은 마음의 궁핍을 느낄 것이다. 어떤 상황 어떤 위치 어떤 나이에 상관없이 늘 그 순간만 느낄 수 있는 고통이 있는 것이다. 중요한 것은 고통이 있고 없고의 문제가 아니라 그 것을 내가 어떻게 바라보고 대처하느냐에 따라 달려 있다.

궁핍, 고난, 고통, 좌절과 같은 것들도 우리의 삶에서 적당한 대기의 압력 같은 임무를 수행한다. 그러한 것들이 없으면 행복하기는커녕 우리는 우리로 살아갈 수 없을 것이다. 물론 그런 것들이 없다고 해서 정말로 사람이 터져버리진 않겠지만 오만함이 늘어나 이런저런 억제할 수 없는 사건들이, 그야말로 '폭발'해버리고 말 것이다.

11

" 독자적인 생각으로 알아낸 것만이
엄청난 가치를 지닌다 "

- 아르투어 쇼펜하우어 -

■ 진정한 공부

'학자'의 정의는 말 그대로 '어떤 학문을 연구하는 사람'이
다. 그런데 언젠가부터 학자라는 이름이 특별한 감투나 계
급인 양 쓰이고 있다. 학자 대부분이 자신이 그간 달달 외워
온 지식들을 자랑스럽게 늘어놓으며, 마치 자신이 이것들을
전부 다 이해하고 있다는 듯(나아가서는 자기가 발견이라
도 했다는 듯) 우쭐거리곤 한다.

하지만 실상을 파헤쳐보면 사고의 능력이 있는 학자는 학

자 중에서도 극소수에 불과하다. 진정한 학자들, 그러니까 '사상가'라고 불려도 손색이 없을 정도로 훌륭한 학자들은 독자적인 인식을 할 줄 아는 사람들이다. 알고 있는 지식을 모든 면에서 조합하고 모든 진리를 다른 진리와 비교해 자신의 지식을 완전히 자신의 것으로 만들 줄 아는 사람들이다. 그리하여 그 지식을 자신의 의지대로 활용할 수 있게 된 사람이야말로 진정한 학자라고 할 수 있다. 아무리 지식이 많은 사람일지라도 자기 생각과 해석, 개념으로 철저하게 정리된 지식이 아니라면 그 양이 적든 많든 간에 충분하게 숙고된 지식만큼의 가치가 없는 것이다.

비단 학자들에게만 해당하는 일이 아니다. 건강한 삶을 영위하기 위하여 배움과 공부를 끝없이 반복해야 하는데 무분별하게 주입하는 것보단 독자적인 생각으로 알아낸 것만이 엄청난 가치를 지닌다. 독자적인 생각으로 알아낸 것들은 책에 적힌 내용을 단순히 암기하는 것보다 훨씬 더 큰 가치를 품고 있다.

가령 이런 노력들이 독자적인 인식을 돕는다. '사람들에게 친절하라'라는 가르침을 책에서 읽은 뒤에 실제로 주변 사람들에게 친절해보려 애써보는 것이다. 처음에는 어려운 것이 당연하다. 그러므로 자연히 진정한 친절이란 무엇인지, 그것을 베푸는 것은 어떻게 실행하면 좋을지를 자신과 자신의 주변의 경우에 대입해가며 연구한다. 또한 그 과정에서 'A라는 사람에게는 기분 좋게 받아들여졌던 친절이 B라는 사람에게는 불쾌하게 받아들여졌음'과 같은 경험들을 쌓으면서 하루하루 진정으로 사람들에게 친절한 사람이 되어가는 것이다.

그렇게 얻은 지혜들은 살아 숨 쉬는 사고의 구성요소로 우리 세계에 들어와 자리를 잡으며 나의 세계 전체를 완전히 이해해 우리의 생각과 색깔, 형식을 구성해준다. 또한 이러한 지혜는 아주 견고하게 우리 깊은 곳에 자리를 잡았으므로, 적재적소에 나타나 우리의 쓸모 있는 도구가 되어준다.

12

" 나이가 들수록
지금껏 살아온 인생은 짧게 느껴진다 "

- 아르투어 쇼펜하우어 -

■ **추억이 사라지는 이유**

나이가 들면 들수록 지금까지 살아온 인생이 짧게 느껴진다. 처음으로 누군가와 사랑에 빠진 기억이나 처음으로 해외로 여행을 떠난 기억은 몹시 강렬하게 남아 평생에 가깝도록 기억되는데, 그 이후의 기억들은 어쩐지 그것만큼 인상적인 기억으로 남지 않거나 심지어는 아예 사라져버리기까지 한다.

나이가 들수록 인생이 짧게 느껴지는 것은 살아온 기간이 늘어날수록 반대로 추억은 점점 짧아지기 때문이다. 즉, '사소하고 중요하지 않은 일'과 '불쾌했던 사건들'이 기억에서 전부 빠져나가버려 남아 있는 것이 별로 없게 되기 때문이다.

처음에는 중요해 보였던 일들도 무수히 반복되다 보면 서서히 사소하고 중요하지 않게 된다. 젊은 시절의 일을 나이가 들어서 일어난 일보다 더 잘 기억하는 것은 바로 그런 이유 때문이다.

생일도 마찬가지다. 어릴 땐 매년 생일이 기다려진다. 뭔가 나를 깜짝 놀라게 할 만한 선물이 있을 것 같고 세상 사람 모두가 나를 축하해주는 것만 같은 기분에 휩싸인다. 하지만 나이가 들면 들수록 생일은 점점 무의미해진다. 축하의 말을 한 번이라도 듣거나 맛있는 저녁을 먹기라도 하면 다행이고, 다른 날과 완벽히 똑같은 하루를 보내는 것이 태반이다. 그렇게 어릴 땐 특별했던 생일이 점점 무의미해지는 것처럼, 사건의 중요성이나 밀도가 나이 듦과 함께 점점 떨어지는 것이다.

게다가 우리는 불쾌한 경험이나 사건을 다시 떠올리는 것을 좋아하지도 않는다. 그것이 우리의 자만심을 다치게 하는 것이라면 더욱 그렇다. 나의 실수나 치부가 드러나 사람들에게서 망신을 샀던 경우를 생각해보자. 얼굴이 빨개지고 다시는 그런 일을 겪고 싶지 않다는 생각에, 얼른 고개를 흔들어 그것을 잊으려고 애써본 경험이 누구에게나 있었을 것이다. 그렇게 대부분의 불쾌한 사건들은 우리의 자만심을 다치게 하는 것이라서 우리는 무의식적으로 그것들을 잊으려고 노력한다.

중요하지 않게 된 일이 잘려나가고 불쾌했던 기억이 잘려져나간다. 이렇게 두 가지 방식으로 인간의 추억들은 잘려져나간다.

그렇다면 삶을 더 풍요롭게 기억하기 위해선 어떻게 해야할까? 나이가 듦에 따라 기억이 희미해지는 건 자연스러운 일이지만 그럼에도 불행해지지 않기 위해 최소한의 추억이라도 지키고 싶다면 어느 정도의 노력은 해주어야 한다. 어떤 기억 하나를 중요하게 생각할 수 있도록 기록해보기도 하고 앞으로의 여생을 더 조심할 수 있을 정도로만 불쾌했던 때를 상기해보는 시간을 가져보는 것이다. 이 역시도 완벽한 방법이 되어줄 순 없겠지만 강물처럼 흘러가는 추억을 지켜보기만 하는 것보다 몇 배는 나을 것이다. 좋았던 일도 좋지 않았던 일도 모두 내 인생이다.

13

" 행복하기 위해
행복을 제거하라 "

- 아르투어 쇼펜하우어 -

■ 행복 지우기

누구나 '어떻게 살 것인가?'에 골몰한다. 그래서 자기만의
목표를 설정해두고 그에 따라 움직인다. 그러한 목표들은
멀리서 보면 다 비슷해 보인다. 이를테면 잘 먹고 잘 벌기,
잘 자고 건강하기와 같은 것들. 하지만 비슷해 보이는 목표
더라도 목표 설정의 방식에 따라 그 목표들은 내 마음에 크
게 작용한다.

예컨대 뭔가를 얻기보다는 '뭔가를 제거하는 쪽'으로 방향

을 잡는 것이다. 돈을 많이 벌어 부자가 되겠다는 생각을 버리고 가난만은 피하겠다는 생각을 해보자. 건강하겠다는 생각 대신 아프지 않겠다는 생각을 해보자. 하루하루를 즐겁게 지내자고 결심하기보다는 욕을 먹거나 비난받지 않겠다고 생각해보자. 그렇게 머릿속에서 행복이라는 단어 혹은 행복과 친한 단어들을 지워버리는 연습을 해보는 것이다.

꽤 고약한 말장난처럼 느껴지기도 하겠지만, 이건 더없이 현실적이고도 확실한 수칙이 될 수 있다. 모든 향락에는 고통이 따른다. 그리고 견유학과 철학자들은 아주 오래전부터 "약간의 고통이 따르는 향락보다는 향락 없는 대신 고통도 없는 삶이 낫다"고 주장해 왔다.

인생은 불행해지기는 쉬워도 행복해지기는 어렵다. 행복을 포기하는 것은 위선도 아니고 절망도 아니다. 오히려 가장 현명한 선택이다. 인생의 지혜란 어떤 일을 겪고 어떤 사람을 만나고 어떤 상태에 놓이더라도 실망하지 않고 기대하지 않고 놀라지도 않는 중용의 미덕이다.

크게 실패해도 크게 슬퍼하지 마라. 크게 성공해도 크게 기뻐하지 마라. 나이가 더 많이 들면 알게 되겠지만, 인생에는 사실 크게 휘둘릴 만큼 가치가 넘치지 않는다. 오히려 삶을 화려하게 여길수록 위험해진다. 세상은 하나의 거대한 무대다. 눈에 보이는 건 겉모습뿐, 연극이 끝나면 화려한 무대는 철거되고 텅 빈 창고만 남을 것이다. 그리고 그러한 연극을 필요 이상으로 즐긴 사람은 그 후의 적막까지도 감당하게 되리라.

조금이라도 이른 나이에 이를 깨달으면, 삶의 통찰 자체가 달라질 것이다.

14

" 밝음만이
행복에 직접적으로 작용한다 "

- 아르투어 쇼펜하우어 -

■ 밝은 사람이 되려 애써야 한다

행복한 사람에게는 늘 그에 맞는 행복의 이유가 있다. 그리고 그 이유는 '자신'이다. 건강한 자신은 재산을 대신할 수 있는 동시에 다른 무엇으로도 대체가 안 된다. 그러므로 누군가가 행복한지를 알고 싶다면 그가 밝은 사람인지를 보면 된다. 만약 그가 밝고 쾌활하다면, 그가 젊든 늙었든 키가 크든 작든, 가난하든 부자이든 상관없이 그는 행복한 사람일 것이다.

밝지 못한 사람은 일이 생각한 대로 흘러가지 않으면 인상부터 찌푸리며 탓할 거리부터 찾는다. 그렇게 사람들과 주변 환경, 나아가서는 스스로를 탓하기까지 하다가 불행에 빠져 허우적댄다. 하지만 밝은 사람은 그 어려움 속에서도 행복을 발견해낸다. '일이 이렇게 흘러가면 헤쳐나가는 재미가 있지'라고 생각하며 늘 그랬듯 하루를 무사히 잘 마무리한다.

우리는 모든 면에서 만족할 이유가 있는지를 먼저 알려 한다. 혹은 진지한 고민과 무거운 걱정에 사로잡혀 있다. 그 때문에 좀처럼 명랑한 태도를 갖지 못한다. 이처럼 고민과 걱정을 통해 상황을 나아지게 하기란 매우 어렵지만, 밝음은 직접적인 도움이 된다. 밝음은 결코 자신이 와야 할 때를 잘못 맞추는 법이 없다.

밝음만이 현재의 행복에 직접적으로 작용한다. 따라서 어떤 재산을 가지려 하기보단, 이런 자산을 얻으려 최우선으로 노력해야 한다.

15

" 좋은 기운이 들어올 수 있도록
당신은 움직여야 한다 "

- 아르투어 쇼펜하우어 -

■ 밝음은 움직임으로부터 온다

앞서 이야기했던 것처럼 밝은 정신에 가장 큰 영향을 주는 건 물질이 아니라 건강이기 때문에 우리는 밝음이 활짝 꽃 필 수 있게끔 완벽한 수준의 건강을 유지해야 한다.

적절한 운동은 활동의 기초가 되어주는 체력을 확보해주고, 체력이 확보되면 더 많은 활동을 적은 스트레스 속에서 해낼 수 있게 된다. 그러한 날들이 반복되면 건강하지 못한 사람들보다 훨씬 더 자주 행복을 마주칠 수 있게 된다. 그야말로 '건강의 연쇄작용'이 일어나는 것이다.

하지만 현대 사회에서는 이러한 연쇄작용이 좀처럼 일어나지 않는다. 오히려 점점 더 많은 사람이 건강하지 못한 삶을 살고 있다.

산업양상의 변화와 현대인들이 더 많이 아프고 우울해지는 것 사이에는 분명한 상관관계가 있다. 생존하기 위해선 어쩔 수 없이 부지런히 움직여야 했던 농경사회를 거쳐, 무언가를 채취하고 만들어야 하는 시기에 이르기까지는 편리함은 덜했을지 몰라도 대부분의 사회 구성원이 건강한 신체를 지니고 있었다. 하지만 기술과 상업의 발달로 사람들은 거의 움직이지 않는 일상, 앉아서만 일하고 생각하는 일상을 맞이하게 됐고, 이는 자연스레 질병과 우울감을 가져왔다.

그렇게 외부 활동이 극도로 부족한 환경에서는 겉으론 평온해 보여도 마음속에서는 혼란이 커져 심각한 불균형이 생긴다. 내면의 활력조차도 외부의 움직임이 더해져야 살아날 수 있는 상태가 된다. 이런 상태에서는 아무리 편리하고 사치스러운 것들도 의미가 없다. 죽어버린 땅에 씨앗을 심고 물을 줘도 싹 트지 않는 것처럼, 밝은 정신이 돋아나지 않는 것이다.

그러므로 당신은 움직여야 한다. 좋은 기운이 들어올 수 있도록 마음의 방을 청소하고 불을 켜두어야 하는 것이다. 아무리 할 일이 많아도 산책하는 사람, 누운 채로 주말을 헛되이 보내지 않는 사람은 행복의 방법을 아는 현명한 사람들이다.

16

" 세상에서 가장 어려운 일은
자신을 알아가는 것이다 "

- 아르투어 쇼펜하우어 -

■ 자기 인식의 힘

"나는 너를 잘 알아."

살면서 이런 말을 한 번쯤은 들어봤을 것이다. 어쩌면 내가 누군가에게 그런 말을 뱉었을지도 모른다. 하지만 누군가를 100% 이해한다는 것은 불가능한 일이다. 그렇게 단언할 수 있는 이유는 딱 하나다. 자기 자신도 온전히 이해하지 못하기 때문이다. 자기 자신도 완벽하게 이해하지 못하는 게 인간인데 어떻게 타인을 잘 안다고 말할 수 있겠는가.

바다가 좋다고 말하다가 몇 년 지나면 바다는 시끄럽다면서 산에 오르는 걸 좋아할 수도 있다. 사람 많은 곳은 질색이라던 사람이 군중 속에서 느껴지는 에너지가 좋다며 사람 많은 곳을 찾아다닐 수도 있다. 몸에 열이 많아 여름을 죽도록 괴로워하던 어떤 사람은 체질이 바뀌어 여름을 따뜻하게 느낄 수도 있다. 취향이나 체질처럼 비교적 가벼운 것은 금방 눈치를 챌 수 있겠으나 인간의 본성을 근본적으로 파고 들어가게 되면 이야기가 달라진다. 우리가 자신을 알아가는 여정은 복잡하고 중요하기 때문이다. 그 안에는 단순히 취향, 체질, 성격, 가치관 같은 것뿐만이 아니라 훨씬 더 복잡하고 거대한 자기 인식 과정이 숨어 있다.

한 사람이 있다고 가정해보겠다. 그 사람은 사회적 성공과 재물을 추구하는 것이 행복의 절대적 가치라고 생각한다. 그렇다면 그는 끊임없는 욕망의 순환 속에 놓여 있는 자신을 발견하게 될 것이다. 더 많은 사회적 성공과 재물을 얻었을 때 충족되는 욕망은 일시적인 만족을 가져올 수 있지만 결국 새로운 욕망을 낳는다. 진정한 만족이나 평화를 찾지 못한 채 욕망의 굴레를 벗어나지 못한다. 자기 인식 과정은 이러한 굴레를 끊어준다. 한 개인이 자신의 근본적인 욕망을 이해하고 그것이 가져오는 불만족을 인식할 때 비로소 내면의 성장과 변화를 이루어낼 수 있다.

인간의 본성은 근본적인 의지다. 이 의지는 끊임없는 욕망과 불만으로 표현된다. 인간이 겪는 고통과 불만족은 끊임없는 욕망에서 비롯되는 경우가 많다. 자신을 알아가는 여정은 나의 취향이나 성격을 이해하는 것을 뛰어넘어 인간 본성의 근본적 요소와 마주하는 행위인 것이다.

자기 인식의 여정은 결국 해탈로 이어진다. 자신의 본성과 욕망을 이해함으로써 불필요한 욕망에서 벗어나 진정한 평화에 이르는 것이다. 인식이 없다면 해탈할 수 없다. 원인을 모르기 때문에 문제를 해결할 수 없는 것과 똑같다. 예술 작품을 접했을 때 우리가 해방감과 순수한 인식을 느끼는 것도 그 때문이다. 일상적인 욕망에서 벗어나 순간의 아름다움에 몰입할 수 있게 되는 것이다. 그 순간만큼은 그 어떤 것도 욕망으로 표출된 상태가 아닌 자신의 내면세계와 마주하며 묵혀두거나 이해하지 못했던 감정들과 마주하는 것이다.

자기 자신을 알아가는 모든 여정은 단순히 자아에 대한
지식을 넓히는 것을 뜻하지 않는다. 자신의 근본적인 욕망
과의 투쟁이며 그러한 행위는 궁극적으로 나에 대한 깊은
이해로 이어진다. 내가 어떤 사람인지, 내 안에 어떤 욕망이
있는지 알아가는 것은 내면의 평화와 해탈을 향해 가는 지
름길이다.

실패를 바라보기보단 성공을 바라봐야 한다.

그래야 나아갈 수 있다.

2장 " 일 "

17

" 내 몸과 마음이
불쾌해지지 않는 기준을 스스로 정해라 "

- 아르투어 쇼펜하우어 -

■ **내 안의 위대함을 찾는 법**

종교적으로나 학문적으로 거의 모든 것을 깨우친 사람, 또는 한 분야에서 정점에 서게 된 사람처럼 '위대한 사람'이 되기 위해 가장 필요한 덕목은 무엇일까?

타고난 재능과 기발한 생각의 방식도 있겠지만 가장 중요한 것은 '건강하고 활기찬 생활'이다. 말하기엔 간단해 보이지만 절대 쉬운 일이 아니다. 육체와 정신의 안녕 모두를 신경 써야만 건강하고 활기찬 생활이 완성되기 때문이다. 육

체는 건강하지만 정신이 피폐한 경우 타락하거나 쓸데없는 유혹에 휘말리기가 쉽고, 반대로 정신은 건강하지만 육체가 건강하지 못한 경우 질병으로 단명하거나 정신 수준을 따라가지 못하는 몸 때문에 좌절감에 빠지기 쉽다.

건강하고 활기찬 생활을 오래도록 관리하려면 그만한 대가를 치러야 한다. 좋은 습관이 그 대가라고 할 수 있는데, '좋은 습관을 기르는 방법'이 있다면 그것은 무엇보다도 인내다. 인내는 무조건 참고 견디는 것을 말하는 게 아니다. 자기 몸이 견딜 수 있는 범위를 깨닫고 그 범위 안에서 유지하는 것이 진정한 인내다.

견뎌내지 못할 때까지 버티는 건 멍청한 짓이다. 매체에 넘쳐나는 무모한 도전들을 보며 남들도 하니까 나도 할 수 있다고 생각하는 것은 자살이나 다름없다. 세 시간 동안 달릴 것을 선언하고 그에 임하는 사람은 평소에 못 해도 한 시간은 달리는 습관이 들어 있는 사람이었을 것이다. 하루에 삼십 분도 채 달리지 않는 사람이 그 도전을 따라 하면 지치기 마련이다. 책만 읽으면 금방 곯아떨어지는 사람이 매체

안의 성공 사례에 도취되어 일 년 내로 어느 분야의 전문가가 되기를 꿈꾸는 것 역시 '뱁새가 황새 따라가다 가랑이가 찢어진다'라는 속담에 딱 걸맞은 예시라고 할 수 있겠다. 그보단 그저 내 몸과 마음이 불쾌해지지 않는 기준을 스스로 정리해 오래도록 지키는 것이 핵심이다. 그렇게 하면 처음엔 하기 힘들었던 것도 평범한 생활이 되고 그 평범한 생활이 나만의 고유한 재능으로 인정받는 날이 반드시 온다.

머릿속에서 둘 이상의 가치가 충돌하거나 제대로 된 결정을 내리지 못할 때마다 나가서 걷는다. 누군가를 만나 도움을 구하거나 내 이야기를 들어주기를 청하고 싶다는 욕망, 그게 아니라면 그냥 다 잊고 같이 술에 취해버리고 싶다는 욕망을 힘껏 인내하고, 묵묵히 침묵 속에서 걷는 것이다. 그렇게 걷다 보면 생각이 정리되고 올바른 결정을 내릴 수 있게 된다. 이것은 별것 아닌 것 같아도 내게 크나큰 도움을 준 나만의 습관이다. 누구에게나 다루기 힘든 고민은 있다. 그리고 그런 고민들에 관해 나이가 들수록 선택을 내리는 게 두려워진다. 선택에 따라 포기해야 하는 것들이 점점 크고 많아지기 때문이다. 선택을 내리는 데 있어 책이나 주변 사람들로 도움을 얻는 것도 한두 번일 뿐, 이후로는 그다지 도움이 되지 않는다. 사람들은 내게 그다지 관심이 있지 않다. 그들의 사정과 나의 사정에는 크고 작은 차이점이 언제나 존재하기 때문이다. 그때마다 그저 걸으면서 생각하다 보면 가장 명확한 해답이 나오곤 했다. 나는 그러한 인내와 습관이 오늘날의 내 작은 위대함을 만들어주었다고 믿는다.

18

" 불행을 이미 지나간 사건으로
깔끔하게 인정해라 "

- 아르투어 쇼펜하우어 -

■ 불행을 극복하는 가장 깔끔한 방법

세상에는 어쩔 수 없는 우울감이나 예기치 못한 사건에 휘말려 힘들어하는 사람들이 너무도 많다. 또한 직장에서 열심히 일하려다 보니 저지른 실수 때문에 죄책감에 빠져 허우적대기도 한다. 보고서 제출을 잊는다든가 금액과 같은 정보들을 잘못 기입해 회사에 손해를 입혀버리는 바람에 스스로를 쓸모없는 인간이라고 여기며 자책하는 것이다.

그러한 불행들은 사람을 위축시키고 잘할 수 있는 일도 제대로 하지 못하게끔 한다. 그리고 그것이 반복되다 보면 악순환에 빠지게 되는데 사람들은 흔히 그것을 슬럼프라고 부르기도 한다.

누구도 슬럼프에 빠지는 것을 원치 않을 것이다. 그렇다면 우리는 이 흐름을 어떻게 끊을 수 있을까? 살아가면서 어쩔 수 없이 불행은 찾아올 것이고 실수는 저질러질 텐데 그때마다 그것들을 어떤 태도로 받아들이는 게 좋을까?

대답은 심플하다. 불행을 이미 지나간 하나의 사건으로 깔끔하게 인정하고 그것으로부터 자유로워지는 것이다. 당신이 직장에서 실수를 저질러서 크게 낙담했다고 해서 달라지는 것은 없다. 똑같은 실수를 저질렀어도 그것에 계속 얽매여 있는 사람과 받아들이고 인정하며 다음에는 그러지 않을 것이라 다짐하는 사람은 회복하고 나아가는 속도가 다를 수밖에 없다.

불행은 그 자체로 징계다. 불행이 이미 지나갔는데 자기 징계를 반복하는 것은 그 자체로 또 다른 불행을 불러오는 비극이 된다. 명백히 저지른 실수에 대해 변명하거나 축소하거나 미화할 필요는 없다. 깨끗이 인정하고 징계를 받고 우연히 생긴 비극을 인생의 페이지에 적어둔 뒤 책장을 덮어버리면 그만인 것이다. 물론 이것이 마음처럼 쉽지만은 않겠지만, 이와 같이 인정하는 연습을 반복한다면 무엇이든 더 잘 해내는 당신, 무엇으로부터도 쓰러지지 않는 당신이 되어갈 것이다.

19

" 매사에 충실하는 것이
성공을 위한 비결이다 "

- 아르투어 쇼펜하우어 -

■ **선택과 집중의 역설**

사람들은 '선택과 집중'이라는 말을 많이 쓴다. 이것은 경영전략 학자 마이클 포터가 이론화시킨 경영 전략이자 개념으로 특정 분야를 선택하고 거기에 자원을 집중시키는 경영전략을 말한다.

이러한 전략은 어느 한 곳에 집중함으로써 성과를 낼 가능성이 높아진다는 점에서 굉장히 효율적이라는 평가를 받지만 꽤 많은 수의 사람이 이 방식에 관해 오해하곤 한다. 바로, 내가 선택한 '중요한 것'이 아닌 '중요하지 않은 것들'

을 당연히 등한시하거나 아무래도 좋다는 듯이 대충 치워버려도 좋다고 여긴다는 점이다. 그 후에 중요하게 생각하는 것에 일정 수준의 노력과 집중을 쏟아붓고는 나는 선택과 집중을 했으니 이것이 나의 최선이었다는 식으로 자기 위로를 해버리는 것이다.

여기에 재능 있고 유망한 체조 선수가 한 명 있다. 그는 체조 선수로 성공하는 것을 일생일대의 목표로 설정해둔 사람이므로 운동하고 훈련하는 시간을 가장 중요하게 여긴다. 하지만 그는 정말로 훈련만이 중요할 뿐, 그 외의 모든 것은 다 소홀하게 대하는 사람이다. 집을 청소하는 일도 없고 설거지도 제대로 하는 법이 없다. 그러다 보니 끼니도 대충 챙기기 일쑤다. 사람들을 만나는 것도 귀찮다. 그저 대충 행동하고 누가 무슨 말을 하든 듣는 둥 마는 둥 반응한다. 그렇게 세월은 흘렀지만 그는 그가 꿈꿨던 대로 위대한 선수가 되지 못했다. 그리고 그제야 깨닫는다. 그러면 안 됐다는 것을. 아침에 일어나서 이불을 정리하는 것은 하루의 기분을 관리한다. 만나는 사람마다 친절하게 대하는 것은 그 사람과 나의 사회적 위치와는 상관없이 내 영혼을 맑게 해주는 행동이다. 사소하다고 생각해서 등한시했던 것들이 사실은 자신의 성공과 어떻게든 맞닿아 있었던 것이었으며 자신은 그것들에 충실하지 못했기에 복합적으로 악영향을 받아 성공하지 못했다는 것을 그는 깨닫지 못했다.

위대한 사람들 또는 무언가를 정말로 잘하고 싶은 사람들이 시간이 넘쳐서 '일어나서 이불 정리하기'와 같은 것에 집착하는 것이 아니다. 그들은 다만 매사에 충실하는 것이 자신의 성공을 위한 비결이라는 것을 알 뿐이다. 사소한 일을 눈앞에 두었다고 해서 우리의 마음조차 사소하게 만들어서는 안 된다. 이는 자신의 마음이 사소해지는 원인이다. 하찮은 것들은 비뚤어져도 상관없다는 생각은 자신을 비뚤어지게 만드는 독이다.

일생일대의 사건이 발생하기를 기다리며 힘을 비축하는 것은 말이 좋아 비축이지 방관에 지나지 않는다. 과거의 성현들은 하찮은 일에도 최선을 다했기에 큰일이 닥쳤을 때 이를 두려워하지 않고 자신의 의지를 관철할 수 있었다. 이는 모든 자연의 이치에서 통용되는 말이기에 '사자는 토끼

한 마리를 사냥할 때도 최선을 다한다'라는 말을 통해서도
알 수 있다.

20

" 성공하는 사람은
정직하다 "

- 아르투어 쇼펜하우어 -

■ 해낼 것이라는 느낌이 오는 사람

간혹 스포츠 경기를 보거나 큰 무대에 선 예술가들을 보면 이상한 확신이 들 때가 있다. 그들의 눈빛과 표정에는 아주 작은 동요와 흔들림도 없이 자신감만이 가득해서, 절대 실패하거나 지지 않을 것이라는 확신이 들기도 하고 '더 보지 않아도 이 사람은 성공하겠다'라는 믿음을 품게 되기도 한다.

운명의 기구한 장난으로 그 도전이 실패로 마무리되더라

도 그들의 표정은 흔들리지 않는다. 다음에라도, 다음의 그 다음에라도 결국엔 해내고야 말 거라는 강한 자기 확신이 깃들어 있는 것을 볼 수 있다.

과연 그러한 태도는 누가 만들어주는 것일까? 태어날 때부터 타고난 강건한 기질인 것일까, 아니면 학습된 표정 연기에 불과한 걸까?

그것은 아마 반복된 수행으로 만들어진 자아의 모습일 것이다. 성공하는 사람은 정직하다. 보는 사람이 아무도 없더라도 자신의 일이라고 생각하는 것은 한 개도 빼먹지 않고 해낼 정도로 정직하다. 아프다는 이유로 미루지 않고 일만 하기에는 날씨가 너무 좋거나 혹은 우울할 만큼 날씨가 안 좋다는 이유로 자신의 일을 가볍게 여기지 않는다. 그저 자신이 정해놓은 루틴에 맞춰 자신을 단련하고 다그칠 뿐이다. 그래서 그런 사람들의 모습을 가만히 지켜보다 보면, 그들이 꼭 숭고한 일을 해내는 수행자나 수도승처럼 보일 때가 있다.

마치 수도승이 된 것처럼 스스로 정한 규칙을 지켜보자. 누구의 앞에서도 정직하고 예의를 갖출 것, 거짓말하지 말고 뭐가 됐든 주변에 나눠줄 것, 타인의 실수 앞에서 관대할 것과 같은 규칙을 설정해두고 매일같이 그것을 지켜나가 보자.

그렇게 내가 나에게 부여한 이 모든 규칙을 계속해서 지켜나갈 때 나는 나 자신을 재평가하게 될 것이다. 내가 남보다 고상한 사람임을 새롭게 확신하게 될 것이다. 스스로에 대한 확신이 나의 자존심을 정당하게 만들어줄 것이며 떳떳하게 자랑스러워할 것이다.

21

" 당신에게 주어진 것을
십분 활용해야 한다 "

- 아르투어 쇼펜하우어 -

■ 주머니에 있는 것을 활용하자

열 번의 낙방을 극복하고 끝내 의대에 진학한 사람, 단신이라는 약점이 있음에도 위대한 농구선수가 된 사람 등 고난을 이겨내고 불리한 조건에서 승리를 따내는 이야기는 언제나 눈물이 날 정도로 아름답다. 그것이 아름답게 다가오는 이유는 일반적이지 않기 때문이다. 반면에 우리는 우리가 그다지 특별하지 않은 '일반적인 사람'이라는 것을 잘 알기에 그러한 성공 신화는 감동과 재미의 수단 정도로만 받아들이고 일터로 가서는 자신에게 가장 잘 맞거나 내가 가장 잘할 수 있는 일을 해내는 데에만 몰두한다.

우리가 할 수 있는 유일한 일은 우리에게 주어진 능력을 최대한 활용하는 것이다. 그렇기에 이러한 인격에 맞는 것에 힘을 쏟고, 개성에 적합한 수준의 교육을 하기 위해 노력하고 맞지 않는 것은 피해야 하며 거기에 맞는 위치와 직업, 생활방식을 선택해야 한다.

인간 수준을 초월한 근력을 타고난 사람이 사무직이나 수공업에 종사하는 케이스, 사물의 색과 형태를 남다르게 볼 줄 아는 사람이 숫자들만 가득한 서류를 내려다보는 케이스도 자신에게 주어진 인격을 제대로 활용하지 못하는 예라고 할 수 있다. 물론 그 선택에 자신의 욕망과 욕구가 반영되었을 수도 있겠지만 젊은 시절에 자신이 가지지 않은 힘을 지나치게 맹신하면 종국에는 불행해진다는 가르침들을 잊어서는 안 된다.

나는 무엇을 잘하고 무엇을 못하는지, 내가 가진 것은 무엇이고 가지지 못한 것은 무엇인지를 자세히 파악함으로써.

자기 자신을 더 깊이 이해해야 한다. 자기 객관화가 무엇보다도 필요한 이유이다.

22

" 좋은 결과 앞에서는
힘껏 기뻐해라 "

- 아르투어 쇼펜하우어 -

■ 우울한 사람과 밝은 사람을 구분 짓는 것

어떤 직종에 종사하든, 사람이 일을 하다 보면 어쩔 수 없이 좋을 때와 좋지 않을 때가 있다. 그리고 결과나 일의 흐름이 좋지 않을 땐 크게 낙담하기도 한다.

하지만 조금만 통찰력을 갖고 바라보면 이야기가 달라진다. 내가 깊은 낙담 속에서 죄책감에 고개를 숙인다 한들 그 누구라도 그걸 알아주어 나를 가련하게 여기거나 실질적인 도움을 준 적이 있었던가? 나의 그러한 사정을 신적인 존재가 딱하게 여겨 내게만 시간이 천천히 흐르게 해주거나 딱한 번만이라고 말하며 과거의 어느 한때로 시간 이동을 시켜주기라도 했었던가? 없었을 것이다. 주저앉은 내게 도움을 베풀거나 특혜를 주는 경우는 단 한 번도 없었을 것이다.

그렇다면 냉정하게 생각해봤을 때 일이 잘 풀리지 않는다는 이유로 낙담하고 있는 것은 합리적인 행동인가? 절대 그렇지 않다. 오히려 그것을 그다지 크게 받아들이지 않고 낙담할 시간에 나의 또 다른 할 일을 찾는 게 훨씬 이치에 맞는 일일 것이다.

어떤 일에 관해 똑같은 가능성과 상황이 주어졌을 때 우울한 사람은 불행한 결과에 화를 내기만 하고 좋은 결과를 봐도 기뻐하지 않는다. 반면 밝은 사람은 그 가능성 앞에서 슬퍼하지 않으며 좋은 결과 앞에서만 몹시 기뻐한다.

우울한 사람은 열 가지의 일 중 아홉 가지를 성공하더라도 이 성공을 기뻐하지 않고 실패한 한 가지 일에 대해 화를 낸다. 반면에 밝은 사람은 성공한 한 가지 일에 기뻐하며 실패한 나머지 아홉 가지 일에 대해서도 스스로 위로하고 격려하는 방법을 알고 있다.

　이러한 차이 하나가 그들의 많은 행동과 미래의 삶 전체를 구분 짓는다. 어느 분야에서 일류를 만드는 요소도 바로 이런 것일 것이다. 낙담하는 시간이 당장은 얼마 안 되어 보이겠지만 하나의 행동이 모이면 습관이 되고, 습관이 모이면 태도가 되는 것처럼 그런 시간들이 모여 커다란 변화를 만들어낼 테니 말이다. 실패를 바라보기보단 성공을 바라봐야 한다. 그래야 나아갈 수 있다.

23

" 재앙을 피하는 것이
곧 위대한 성취다 "

- 아르투어 쇼펜하우어 -

■ **진정한 위기 관리법**

일희일비하는 습관은 개인에게도 독이지만 조직이나 기업에는 더없이 커다란 독이 될 수 있다.

어떤 성과 하나가 나왔을 때마다 샴페인을 터뜨리는 기업과 반대로 악재 앞에서도 쉽사리 자유로워지지 못해 서로를 질책하기만 하는 기업은 전체적으로 위태로운 분위기를 품고 있다. 기업이란 평생에 가까울 정도로 몸담고 노동이라는 숭고한 행위를 할 수 있는 터전이다. 가끔은 집보다도 더 큰 안락감을 주는 장소여야 하는데 그런 곳에서 위태로움을 느낀다는 것은 구성원에게는 더없이 무거운 압력으로 다가가기 마련이다.

몸이 아주 건강한 상태라도 몸에 작은 상처 혹은 통증이 있으면 몸 전체의 건강보다는 상처 부위의 통증에만 관심을 쏟게 된다. 그로 인해 일상에서 느낄 수 있는 전반적인 편안한 기분이 싹 사라진다.

이와 마찬가지로 모든 일이 우리의 의도대로 잘 진행되더라도 한 가지가 마음먹은 대로 진행되지 않으면 아무리 작은 일이더라도 계속 그 생각에 머물게 되기 마련이다. 그러면서 뜻대로 진행되는 다른 일은 생각하지 않게 된다. 이럴 경우 손상되는 것은 우리의 의지이다.

잘 되는 집단은 승리에 도취되어 있지 않다. 평상시처럼 해야 하는 일에 집중한다. 눈앞의 요행을 손에 넣으려 골몰하기보단 앞에 도사리고 있는 위기를 어떻게 하면 조금이라도 더 피할 수 있을지에 집중하는 것이다.

잊지 말아야 한다. 무언가를 성취하는 것보다 중요한 것은 나에게 일어날 재앙을 피하는 것이다. 그것이 곧 위대한 성취다.

24

" 충분히 생각하되
결정은 빠르게 해야 한다 "

- 아르투어 쇼펜하우어 -

■ **생각과 결정**

무슨 일을 하든 심사숙고하는 자세는 필요하다. 그러나 너무 조심스러운 나머지 시작조차도 하지 못하거나 시작한 뒤에도 그것에만 정신이 팔려 있는 것은 좋지 않다.

누구에게나 명확한 계획과 기대가 있다. 그러나 세상의 이치란 한 사람의 예측은 가볍게 뛰어넘어버릴 정도로 입체적인 것이기에, 언제나 변수는 존재하며 자신의 의도대로만 흘러가지 않는다. 누군가가 모든 것을 가장 철저하게 숙고

하여 어떤 일을 실천한다고 해도 여전히 지식의 불충분함은 존재하며 전체적인 계산을 엉망으로 만들어버릴 수 있는 상황이 언제라도 존재할 수 있는 것이다.

그러므로 이러한 딜레마 앞에서 사람은 두 가지 생각을 한다. 저질러버릴 것인가, 아예 시작도 하지 않을 것인가. 누군가는 그러한 중요한 문제 앞에서 "아무것도 건드리지 말라"고 조언한다. 사람은 어리석기 때문에 언젠가 한 번쯤은 일을 망쳐버리게 될 테니, 그럴 바에야 아예 말아버리면 실패는 없을 것이라고 판단하기 때문이다.

하지만 어떤가. 실패할 것이 걱정돼 아무것도 하지 않으면, 실패할 확률은 0이 될지 모르나 성공할 확률 역시 0이 된다. 사람의 일은 예측대로 흘러가지 않기 때문에 예기치 않은 실패 또한 있을 수 있다. 반대로 말하면 예기치 못한 성공 역시 충분히 있을 수 있는 것인데, 그러한 성공의 가능성마저도 두렵다는 이유로 미리 닫아버리고 마는 것이다.

일단 결정을 내리고 계획을 실행해야 한다. 그런 다음에는 이미 실행한 일을 계속 반복하여 생각하거나 앞으로 일어날지 모르는 위험을 걱정하며 불안해하기보다는 오히려 그것을 깨끗하게 잊고 모든 걸 적당한 때에 충분하게 잘 해냈다는 확신을 갖고 자신을 진정시켜야 한다. 실행한 이후에 일어나는 것들은 언제나 수정 가능하다. 유연하게 대처하는 것이 중요하다. 아무것도 실행하지 않은 채 가만히 생각만 하는 것은 스스로를 늪에 빠트리는 일이다.

당신의 판단과 선택 앞에서 너무 큰 걱정은 하지 말길 바란다. 인간의 판단력이 우연과 오류를 미연에 방지하기에는 충분하지 않지만 그때의 당신은 나름대로 최선의 선택을 했을 테니까, 충분히 반복해서 생각하지만 자신의 결정은 빠르게 해야 한다. 생각을 오래 한다는 이유로 결정하지 않는 것은 다른 문제다. 시간은 우리를 기다려주지 않는다.

25

" 하기로 한 일을 시작하면
다른 일에는 정신을 팔지 않는다 "

- 아르투어 쇼펜하우어 -

■ **진정한 의미의 선택과 집중**

앞서 '선택과 집중'의 역설에 관해서 다루었었다. 선택과
집중을 한다는 이유로 다른 일들을 대충 해버리면 절대로
위대한 사람이 될 수는 없다는 내용이었다.

그렇다면 '진정한 선택과 집중'이란 무엇일까? 바로 이런
것이다. 무언가를 하기로 마음먹거나 무언가에 관한 사유를
시작했으면, 그것을 끝마칠 때까지 산만해지지 않는 것이
다. 부수적인 생각이나 쓸데없는 과업들이 나의 의식을 침

범하지 않도록 막아서 지금 하고 있는 일을 누구보다도 훌륭하게 해내는 것 말이다.

요리사 혼자 영업하는 식당은 시간 관리와 효율성이 생명이다. 재료도 손질하고 소스도 만들어둬야 함은 물론 장부도 정리하고 손님들이 앉을 테이블도 깨끗하게 닦아두어야 한다. 그러나 이렇게 해야 할 것이 많다는 이유로 마음만 조급해져서 고기를 조금 썰다가 말고 소스를 끓이고, 소스를 끓이다 말고 행주를 빨아 테이블을 닦는다면 무엇 하나도 제대로 완성되지 못하는 총체적 난국이 발생해버린다. 식당은 오히려 더러워지고 재료는 너무 오래 가공되어 맛이 망가져버리고 마는 것이다. 칼질하다가 다른 생각을 하면 손을 다칠 수도 있다. 생각이라는 것은 자력이 있다. 생각 자체에도 힘이 있기 때문에 우리가 통제하지 않으면 그 힘에 잡아먹히기 마련이다. 기본적으로 인간은 불안한 존재이기에 생각이 늘 과잉되는 것이다. 어떤 한 생각을 하면 그 생각과 비슷한 여러 가지가 동시에 떠오른다. 그 잡념들이 꼬리에 꼬리를 물면서 걱정과 불안을 낳는다.

현명한 사람은 본격적으로 일을 시작하기 전에 머릿속으

로 순서를 정해둔다. 가장 중요한 것과 그다음으로 중요한 것을 줄을 세워 하나하나 해나가는 것이다. 그리고 하기로 한 일을 시작하면 다른 일에는 정신을 팔지 않는다. 그렇게 모든 과정이 완벽에 가깝게 수행되는 것을 보면서 뿌듯함을 느끼고 맡은 일을 점점 더 능숙하게 해내게 된다.

생각의 서랍에서 하나를 열 때는 다른 것들은 모두 닫아 두자. 그래야만 무거운 걱정 하나가 현재의 모든 작은 기쁨을 시들게 함으로써 우리 마음의 평정을 잃게 하지 않고, 하나의 생각이 다른 생각들을 밀어내지도 않으며, 하나의 중요한 일을 걱정하느라 많은 다른 사소한 일을 소홀히 하지도 않게 된다.

26

" 인간에게는
활동하고자 하는 욕망이 있다 "

- 아르투어 쇼펜하우어 -

▪ 돈도 벌고 욕구도 해소하는 일

보더콜리라는 견종이 있다. 보더콜리는 목양견 중에서도 최고로 꼽히는 양치기 개로, 활발한 성격에 덩치가 크고 체력이 좋아서 엄청난 운동량을 과시하는 개다. 보더콜리는 일하는 것을 무척 좋아해서 할 일이 없으면 무료함을 느끼고 다른 목양견처럼 언제나 동물을 몰고자 하는 경향이 있다.

'일에 미친 개'라는 별명이 느껴질 정도로 강한 체력을 발휘하며 매일 최소 2시간 이상 산책은 기본으로 필요한 보더콜리는 주인이 충분한 시간을 들여서 놀아주지 않는 경우 폭력성을 띠거나 이상행동을 하게 된다. 이 때문에 파양률도 매우 높기에 초보자들한테는 기르기 매우 어려운 품종으로 여겨지기도 한다. 서양권의 일부 재력 있는 보더콜리 견주들은 보더콜리의 본능적 욕구를 해소시켜주기 위해서 주기적으로 양목장에 데리고 가거나 아예 처음부터 양을 몇 마리 사서 같이 기르기도 한다.

보더콜리의 활동성이 놀랍게 다가올 수도 있겠지만 실은 인간도 보더콜리와 별반 다르지 않다. 아리스토텔레스가 "생명의 본질은 운동에 있다"라고 말한 것처럼 인간에게는 기본적으로 활동하고자 하는 욕망이 있다. 게으르고 생각 없이 멍하니 있는 사람들일지라도 손이나 도구로 어딘가를 두드리는 동작을 하는 것이 그 증거라 할 수 있다.

인간의 힘은 자신을 써달라고 요구하고 인간은 그 힘을 쓴 결과를 어떻게든 알아보고 싶어 한다. 이런 점에서 가장 큰 만족을 주는 경우는 무언가를 만드는 것이다. 즉 예술 창작, 작문 심지어 단순한 수작업에 의해서도 그 충족은 이루어진다. 어떠한 작품이 매일 자신의 손을 거쳐 완성되는 것을 볼 때 인간은 행복감을 느낀다. 반대로 아무것도 하지 않는 경우에는 무료함을 느끼고 심한 경우 우울감을 느껴버린다. 누구나 일하지 않기를 원하지만 정작 백수 처지가 되면 비참함에 빠지는 것도 보더콜리의 기질과 다르지 않다고 할 수 있을 것이다.

무엇이 됐건 우리는 사람으로 태어난 이상 몸을 움직여서 어떤 결과물을 만들어내야 한다. 심지어 그러한 욕망과 에너지를 '일'을 통해 방출하면 스트레스도 해소되는 동시에 경제적인 이득까지 취할 수 있으니 가히 일석이조라 할 수 있겠다.

27

" 다시 일어선 사람에게
영광이 주어진다 "

- 아르투어 쇼펜하우어 -

■ 무엇으로부터 동기를 부여받아야 하는가?

당신은 일생의 목표를 무엇으로 설정해두었는가? 그리고 무슨 생각을 하며 그 목표를 향해 하루에 얼만큼씩 걸음을 옮기고 있는가? 막대한 돈을 손에 넣겠다는 생각? 경쟁 중인 모든 이를 제압하겠다는 포부? 그다지 크게 노력하지 않고 그 목표를 이루고 싶다는 생각?

흔히들 하는 착각이 있다. 목표로 삼은 것을 끝내 이뤘을 때 비로소 최상의 기쁨을 느낄 수 있을 거라는 착각이다. 하지만 엄밀히 따져보자면, 목표를 이뤘을 때보다 목표를 이뤄가는 과정에서 우리는 최상의 기쁨을 느낀다. 마치 등산을 할 때 정상을 정복하는 것이 최상이 기쁨이 아니라 정상으로 향하는 과정에서 더 큰 기쁨을 느끼는 것처럼, 길이 험할수록 가슴이 설레는 것처럼 말이다.

인생을 거대한 산으로 비유하자면 젊은 날에 산을 올라야 한다. 젊을 때 산을 열심히 오른 사람은 늙어서 산의 풍성함을 맛보게 된다.

그렇게 산을 오르는 과정에서 성공에 집착하는 사람일수록 타인의 성공을 시기하기도 할 것이다. 그를 어떻게든 넘어뜨리기 위해 헛소문을 퍼뜨리고 권모술수를 쓸 것이다. 하지만 그 방법으로는 절대 그 사람보다 빨리 정상에 닿을 수 없다. 자기 능력을 고려하지 않고 처음부터 무리해서 속도를 내는 사람도 마찬가지다. 그런 사람은 산 중턱도 가지 못하고 금방 낙오해버리고 말 것이다. 그저 정상을 바라보고 묵묵히 걸음을 옮겨야 한다. 너무도 평범하지만 이것이 최고의 방법이다.

경쟁도 돈도 산을 오르는 데 있어 최상의 행복을 가져다주는 동기가 되지는 못한다. 오직 보람만이 최상의 행복을 가져다준다. 한 번도 실패하지 않고 정상에 오른 사람에게는 좌절이 없기에 영광도 없다. 하지만 실패할 때마다 조용하지만 힘차게 다시 일어선 사람에겐 영광이 주어진다.

그러니 다시 한번 복기해보면 인생에서 가장 큰 고난은 우리가 얻으려 노력하지 않았다는 데 있을 것이다. 무언가를 얻기 위해 장애물을 뛰어넘거나 치우려고 하지 않았다는 데 있을 것이다. 그것이야말로 우리의 앞날을 가로막는 고난의 정체였던 것이다.

인내를 그대의 의복으로 삼아라. 의복을 벗고 다니는 것이 부끄러워지리라.

28

" 현생은
감사하고 소중한 것이다 "

- 아르투어 쇼펜하우어 -

■ **현생의 가치**

책을 읽어도, 인터넷을 둘러보아도 현생을 비관하는 말들만이 허다하다. 현대인들에게 현생은 지루함의 응집체이며 조금이라도 빨리 벗어나야 할 시궁창과 같이 묘사된다. 주말마다 미어터지는 쇼핑몰과 연휴만 다가오면 여행객들로 북새통을 이루는 공항이 그러한 사람들의 정서를 노골적으로 보여준다.

하지만 이 책을 읽는 당신만큼은 현생의 가치를 재평가할 필요가 있다. 사실 현생은 지루하고 끔찍하기만 한 것이 아니라 오히려 감사하고 소중한 것이기 때문이다.

병에 걸렸을 때나 슬픔에 빠졌을 때는 고통이나 결핍이 없었던 순간의 기억을 무한히 부러워하며 마치 잃어버린 낙원이나 미처 진심을 알지 못했던 친구처럼 아쉬워한다. 그게 아무리 경미한 질병이더라도 마찬가지다. 문지방에 찧은 발가락 하나에, 눈 아래에 난 다래끼 하나에 온종일 괴로워하는 게 사람이니까.

고통과 결핍이 없는 순간이 그 무엇보다도 귀한 순간이라는 사실. 그 사실을 아무런 일이 없는 건강한 시간에도 항상 인식하고 있다면 현재를 좀 더 가치 있게 여기고 즐길 수 있을 것이다. 그러나 우리는 아름다운 날들을 눈치채지 못한 채 그냥 지나쳐 보내다가 나쁜 날들이 올 때가 되어야만 그것들이 다시 돌아오기를 바란다.

이제부터 우리는 지금도 무심히 지나쳐버리고 있는 일상의 모든 가혹한 현재를 소중하게 여기고 지금부터 과거의 그 절정으로 흘러가고 있다는 사실을 마음에 새기며 앞으로 나아가야 한다. 즉 현재가 바로 불멸의 빛으로 에워싸인 채 기억으로 보존되어, 언젠가 특히 나쁜 시간을 보내고 있을 때 이 기억의 커튼을 들어 올려 진심으로 갈망하는 그리움의 대상이 될 수 있다는 것을 잊지 말아야 하는 것이다.

29

" 열정이 떠나갔다고
한탄할 필요는 없다 "

- 아르투어 쇼펜하우어 -

■ 은퇴를 두려워할 필요는 없다

'아무 일도 하지 않는 삶은 어떻게 살아야 하는 걸까?'

'과연 일하지 않는 내게 사람으로서의 가치가 있기는 할까?'

그렇게 은퇴 이후의 삶을 필요 이상으로 겁내는 사람들이 많다. 거기에는 보통 젊은 시절을 인생의 황금기로, 노년기는 슬픈 침몰의 시간으로 묘사하는 사람들의 영향도 있을 것이다.

젊은 시절에는 열정이 넘친다. 무엇이든 의욕적으로 시도해보고 시도 때도 없이 욕망하려 드는 열정 말이다. 그리고 젊은이들은 이 열정 때문에 이리저리 끌려다니고 흔들린다. 물론 그로부터 행복감을 맛볼 때도 있지만 열정은 보통 행복보단 고통을 더 많이 가져다준다.

노년기가 되면 열정은 노인의 곁을 떠난다. 하지만 슬퍼할 필요는 없다. 열정이 떠나간 자리에 새로운 손님인 명상이 찾아오기 때문이다. 명상이 노인에게 끌리는 이유는 노년기에는 인식이 자유로워지고 청년기보다 정신적으로 한층 성숙한 경지에 이르기 때문이다.

그러므로 열정이 더는 행복을 가져다주지 않고 어떤 쾌락 하나를 경험하지 못했다고 해서 한탄할 필요는 없다. 쾌락은 대체로 부정적이다. 모든 즐거움은 어떤 욕구를 만족시키는 데서 오기 때문이다. 욕구가 충족되면 더는 즐거움도 없어진다는 사실은, 식사를 한 후에는 더 먹을 수 없고 잠을 푹 잔 뒤에는 깨어 있어야 한다는 것처럼 그리 한탄할 만한 일은 아니다.

오히려 노년기의 평정심이야말로 행복의 필수 조건이다. 청소년기와 청년기는 막연한 것에 대한 욕구와 갈망으로 가득 차 있다. 이러한 것들은 행복에 없어서는 안 되는 마음의 평온을 빼앗아가버린다. 하지만 노년기에는 모든 것이 안정적이다. 이러한 평정심은 행복의 커다란 한 부분이며 행복의 가장 중요한 본질이며 필수 조건이다.

그러니 나이 듦을, 더는 열정적으로 일하지 못하게 됨을 겁내지 말기 바란다. 젊은 시절에 그토록 찾아 헤맸던 행복이 그곳에 있을지 모르니 말이다.

30

" 일하는 보람은
오직 개인의 내면에서만 찾을 수 있다 "

- 아르투어 쇼펜하우어 -

■ 일도 즐겁게 하고 싶은 당신에게

일이라는 것은 애초에 인간의 욕망을 충족시키기 위한 수단이며 이는 자연스러운 삶의 일부라고 할 수 있다. 그러나 욕망을 충족하기 위해선 일정량의 희생이 동반되어야 하기에(그래야만 욕망이 욕망으로 존재하기에), 일하는 행위가 그러한 희생 자체가 되어 어쩔 수 없이 고통스럽고 부담스러운 과정으로 인식될 수밖에 없을 것이다. 따라서 일을 통해 즐거움을 찾으려는 노력은 사람에 따라 허탈하게 끝나게 될지도 모른다.

그러나 방법이 없는 것은 아니다. 진정으로 즐겁게 일하고 싶다면 외부 환경이나 조건에 의존하는 것이 아니라 자신의 내면적 태도와 만족에서 보람을 찾으면 된다. 자신이 맡은 직무에서 나름의 의미를 찾고 그 과정에서 자신의 열정과 관심사를 따르는 것이다. '나는 나사를 만든다'라고만 생각하는 대신, '나는 이름도 모르는 사람의 안전을 책임지는 아주 중요한 부품의 일부를 만들고 있다'라고 스스로에게 말해주는 것이다.

또한 인간은 자신의 잠재력을 실현하고 자신의 능력을 최대한 발휘할 때 가장 만족감을 느낄 수 있는 존재다. 그러므로 처음부터 자신의 재능과 관심사에 부합하는 일을 찾거나 처음에는 그러지 못했더라도 새롭게 몰두할 수 있는 일을 늘 염두에 두는 것, 말 그대로 '모험가의 마음'으로 세상을 살아가는 것이 도움이 될 수 있다.

정말로 돈이 많으면 많을수록 좋은 것이라면,

왜 그들은 단 한 번도 세상을 다 가진 것처럼

활짝 웃지 않는 것인가?

3장   "물질"

31

" 많은 것을 가질수록
많은 의무가 생긴다 "

- 아르투어 쇼펜하우어 -

■ 무언가를 손에 넣을수록 자유는 멀어진다

우리는 외롭다. 태생적으로 외로움을 느끼도록 태어났기 때문에 자꾸만 무언가를 사랑하려 한다. 예쁜 옷을 입고 싶어 하고 멋진 서재를 갖고 싶어 한다. 미식이나 음악 감상을 취미로 두길 원하며 이상형에 가까운 사람을 평생의 반려자로 두기를 꿈꾼다. 하지만 가끔은 그것들을 사랑하기 전에 먼저 자신에게 물어볼 필요가 있다. 나는 그것을 사랑할 자격이 있는가? 그것들을 손에 넣거나 곁에 두는 데에서 오는 다른 많은 저항을 감당할 준비가 되어 있는가?

"인생 첫 강아지를 분양받았다"고 주변에 말하면 대부분의 사람들은 축하를 해줄 것이다. 하지만 누군가는 책임질 가족이 생겼으니 나중에 그 개를 떠나보내면 몹시 슬퍼하게 될 텐데 앞으로 그 개를 잘 교육하고 보살펴야 겠다고 말할지도 모른다. 우리는 전자의 말을 기분 좋게 받아들이되, 후자의 말 역시 귀담아들을 필요가 있다. 나의 행복을 위해 '조심하고 신경 써야 할 의무'가 하나 더 생긴 것은 사실이기 때문이다.

관계 또한 그렇다. 누구를 사귀고 오랫동안 곁에 두기로 마음먹는다는 건, 그 사람으로부터 취할 것만 취할 수는 없고 그 사람에게 해주어야 하는 것, 귀찮고 싫더라도 그 사람과 해야 하는 것도 생김을 의미한다.

내가 뭔가를 가졌다는 것은 내게 어떤 의무가 주어졌다는 신호다. 많은 것을 가질수록 많은 의무가 생겨 우리의 삶은 괴로워진다.

그런 의미에서 우리가 살고 있는 이 세계를 천국으로 만드는 방법이 하나 있다. 바로 아무것도 욕심내지 않는 것이다. 나 자신은 물론 다른 사람에게도 주변 환경으로부터도 뭔가를 요구하지 않는 것이다.

물질을 소유함에 있어 가장 바람직한 태도는 그것에 얽매이지 않는 것이다 소유한 것에 집착하지 않고, 언제든 떠날 수 있다는 마음가짐을 가지는 것이 중요하다. 언젠가 우리는 모든 소유물과 이별하게 될 날이 올 것이기에, 그 순간을 준비하는 마음으로 살아야 한다. 물건은 언제나 떠나보낼 수 있는 그림자 같은 존재일 뿐, 그것이 삶의 본질이 아니라는 것을 기억해야 한다.

우리의 영혼이 외부의 물질에 기대기보다 스스로 채우기 시작할 때 비로소 진정한 내면의 자유를 느낄 수 있다. 그 자유는 단순히 물질을 내려놓는 것에서 끝나지 않는다. 소유에 집착하지 않게 되면 마음이 여유로워져 타인과 관계를 맺을 때도 너그러워지고, 더 이상 물질로부터 받는 상처나 아쉬움에 흔들리지 않게 된다. 그렇게 소유에서 벗어난 마음은 진정한 평안을 얻게 한다.

32

" 진실과 거짓을
판별할 줄 알아야 한다 "

- 아르투어 쇼펜하우어 -

■ **비정한 도시에서의 생존법**

금수저와 은수저, 그리고 흙수저에 이르기까지 요즘은 어린아이들마저도 '수저론'을 운운하며 가난을 죄로 여긴다. 그 가난을 죄로 여기는 사상은 사냥에 성공하지 못하면 그대로 죽는 것이 당연하다는 논리가 지배하는 동물들의 세계에서나 통할 법한 발상이다.

문명이 발전할수록 인간은 비겁해졌다. 많은 것을 소유하게 된 만큼 인간은 비겁해졌다. 본질적인 가치를 몇 푼의 돈으로 환산할 수 있게 되면서 인간은 비겁하고도 비굴해지고 추해졌다. 그리고 이처럼 가난이 죄로 여겨지는 시대를 살아간다는 것은 비겁한 인간을 이웃과 친구로 둬야 하기에 쓸쓸하고 외롭게만 느껴진다.

현대의 도시 생활은 견디기 힘들다. 신경쇠약, 멀미, 불면, 소화불량만이 가득하다. 도시는 우리에게 사람들과의 갈등에서 승리하는 법을 억지로 가르쳐줬다. 그렇게 하지 않으면 도태되거나 죽음을 맞는다는 것을 냉정하게 보여주었다. 하지만 그 방법을 따라 쟁취한 승리는 승리가 아니었다. 승리의 횟수가 늘어날수록 나는 외톨이가 되었기 때문이다.

도시는 승리만이 당신의 긍지라고 말했다. 하지만 당신의 긍지는 이미 오래전부터 살해되고 있었다. 도시는 지루한 싸움과 욕망의 끝자리에 당신의 안식처가 있다고 말했다. 하지만 결국 당신은 도시가 말하는 욕망의 끝에 도착하기 전에 쓰러지고 말 것이다.

그러므로 문명화된 도시에서 살아가는 데 가장 필요한 것은 무엇보다도 '진실을 판별해내는 능력'이다.

동네와 도시마다 싸움이 즐비하다. 수많은 가치가 충돌하며 승리한 이들은 패배한 이들의 것을 뺏어가고, 그것을 구경하는 사람들은 그 싸움에서 발생한 부스러기들을 주워 먹기 위해 더욱 싸움을 부추긴다. 그리고 당신은 얼마든지 그러한 싸움에 휘말릴 수도 있고, 승리하거나 패배할 수도 있으며, 구경하는 입장이 될 수도 있는 사람이다.

이렇게 오늘날을 살아가려면 좋든 싫든 진실과 거짓을 판별할 줄 알아야 한다. 잔혹한 갈등에 휘말리지 않으려면 갈등의 결과가 아닌 원인부터 살펴봐야 한다는 말이다. 법원 앞을 서성이고 누구의 목소리가 더 시끄러운지에 귀 기울일 게 아니라 싸움을 시작한 사람들의 소속과 의도부터 파악해야 한다.

결국, 우리가 이 복잡하고 경쟁적인 사회 속에서 진정으로 필요한 것은 '분별력'이다 수저론에 흔들리지 않고, 도시의 욕망과 갈등에 휩쓸리지 않기 위해서는 무엇이 진실이고 아닌지를 가려낼 줄 알아야 한다. 남들과 비교하며 스스로를 잃어가는 것이 아니라, 내면의 목소리에 귀 기울이며 온전히 나다운 삶을 살아가는 것이 중요하다.

33

"모든 지식을
적당히 의심해보아야 한다"

- 아르투어 쇼펜하우어 -

■ 무엇을, 어떻게, 왜 배울 것인가

지식인의 모습은 크게 둘로 나뉜다. 세계의 본질을 밝혀내기 위해 자신의 살을 깎아가며 외로움 싸움을 이어가는 자와 그저 이득을 얻기 위해 세계의 곳곳을 서성이는 자다. 그리고 오늘날의 지식인은 대부분 첫 번째가 아닌 두 번째 부류에 속한다.

첫 번째 부류는 고유한 사상과 경험을 가진 자로, 자신이 정리한 지식들을 사람들에게 전달하는 데 가치를 둔다. 두 번째 부류는 돈이 목적이다. 돈을 벌기 위해 글을 쓰고 학식을 팔며 양심을 토해낸다. 가끔은 왜곡된 사실이나 출처가 불분명한 이야기도 적당히 진실인 것처럼 포장해서 서점이나 방송에 내놓기도 한다. 뭔가를 팔기 위해 생각과 최소한의 명예를 쥐어짜기만 하는 것이다.

두 번째 부류에 속한 사람들은 어떻게든 사상의 끝자락을 붙들고 늘어지려는 경향이 있다. 진위가 불분명하든 왜곡되었든 상관없다. 붙잡고 있는 이 정보와 지식으로부터 팔만한 빌미가 보일 때까지 혈안이 되어 그것을 분석만 할 뿐이다. 그러다 보면 어쩔 수 없이 지식의 '품질 저하'가 나타난다. 돈을 주고 손에 넣을만한 적당한 화려함과 눈속임은 될 수 있을지 몰라도, 인생 전반에 녹여낼 정도로 영양가가 있는 지식이 되어주지는 못하는 것이다.

그러므로 당신은 그렇게 나온 결과물들이 인쇄되어 있는 책이라는 이유, 많이 팔리고 있다는 이유로 무작정 그것을 대단하다는 듯이 떠받들고 맹신하고 경도될 필요는 없다. 그렇게 모든 책, 나아가 모든 매체를 그렇게 적당히 의심해보아야 한다.

소비하는 입장이 아니라 배우는 입장 역시 그와 같아야 할 것이다. '나도 텔레비전이나 책 속의 그들처럼 돈이 되는 지식을 많이 습득하겠다'는 생각으로 지식을 습득하는 순간, 그 끝에는 지성의 붕괴만이 도사리고 있을 것이다. 세상은 지식을 팔면 돈이 생기는 구조로 바뀐 지 오래지만, 지성이 있는 사람이라면 순수한 열정으로 배우고 공부하는 일을 지향해야 한다. 그렇게 가끔은 내면의 절박함과 자기희생을 묵묵히 감수해내야 한다.

당신이 정말로 궁금해하고 배우길 원하는 것은 무엇인지, 나는 이 세계의 무엇에 관해 알고 싶어 하는지를 스스로에게 물어보라. 진정한 의미의 공부란 바로 그런 것일 테니까.

34

" 가장 강력한
즐거움의 원천은 건강이다 "

- 아르투어 쇼펜하우어 -

■ 당신이 무인도에 가져가야 할 것

사람들은 만약을 생각하고 그것을 놀잇거리로 삼기를 즐긴다. '당신이 무인도에 가야 한다면?'이라는 질문도 그중 하나다. 사람들에게 "아무도 살지 않는 섬에 가야 한다면 무엇을 가져가겠느냐"고 물으면, 사람들은 곰곰이 생각하고는 많은 것들을 술술 말하기 시작한다. 좋아하는 음식을 만들 수 있는 설탕이나 향신료에서부터 나의 얼굴을 볼 수 있는 거울, 몇 번을 읽어도 질리지 않는 두꺼운 책, 기타와 같은 악기, 술, 사랑하는 사람이나 친구까지. 그것들은 각각 다른 종류의 즐거움과 행복을 가져다주는 행복의 요소들이다.

그러나 그런 것들이 없이 몸만 가야 한다면 어떨까? 우리
는 몸과 마음에 어떤 것을 지닌 사람으로 그곳에 가야 조금
이라도 더 행복한 사람으로 살아갈 수 있을까?

우리의 행복과 즐거움에는 주관적인 것이 객관적인 것보
다 비교할 수 없을 정도로 더 중요하다. 그러므로 똑같은 음
식을 먹더라도 배부른 상태에서 먹었을 때와 온종일 굶다가
먹었을 때의 즐거움이 다르며, 청소년일 때의 이상형과 장
년이 되고 나서의 이상형이 달라지는 것이다.

그리고 그 주관적인 즐거움의 원천 중 가장 강력하고 거
대한 것은 바로 건강이다. '건강한 거지가 병에 걸린 왕보다
행복하다'는 말도 있는 것처럼, 건강은 그 어떤 외부적인 재
산이나 자극보다 중요하다. 몸과 마음의 완벽한 건강으로
부터 만들어지는 밝은 마음과 생기, 통찰력과 의지, 양심과
같은 것들은 사회적인 지위, 직책, 돈으로도 대신할 수 없는
자산들이다.

물론 그 외에도 당신의 영혼 안에서 주관적이고도 내재적인 자산을 찾아보면 무엇이라도 더 나올 것이다. 누군가는 시를 짓는 것을 일생의 기쁨으로 여길 수도 있고 나이가 들 때마다 깨닫게 되는 것들을 기록하는 데서 삶의 의미를 찾을 수도 있겠다.

그렇게 당신을 위한 것이자 혼자 있을 때도 늘 당신을 따라다니는 것, 그리고 그 어떤 누구에게도 주거나 받을 수 없는 것들이야말로 당신이 소유한 다른 모든 것과 눈에 보이는 것들보다 훨씬 본질적으로 중요한 것이 되어줄 것이다.

35

"과연 소외층을 위한 복지는
잘 이루어지고 있는가?"

- 아르투어 쇼펜하우어 -

■ 인권 신장의 양면성

영화에서만 보던 흉악 범죄들을 뉴스에서 접하는 일이 많아지기 시작한다. 많은 사람을 분노하게 하고 사회에 큰 파장을 일으키는 사건이 점점 늘어난다. 그런 기사를 접할 때면 항상 이런 말이 뒤따른다. 왜 범죄를 저지른 사람들을 국민의 혈세로 먹여주고 재워줘야 하냐는 것이다. 21명을 살인해 사형을 선고받은 사람, 10명을 잔혹하게 살해한 연쇄살인마, 여성과 노인 9명을 숨지게 한 연쇄살인마까지 각종 흉악 범죄를 저지른 사람들은 크리스마스에 따뜻한 식사를 하며 감옥에서 시간을 보냈다.

2023년을 기준으로 재소자 1인당 연간 수용비가 연평균 3,100만 원이다. 2023년 1인 가구 중위소득이 연 2,400만 원인데 말이다. 재소자가 감옥 안에서 최소한의 혜택을 누릴 수 있도록 인적, 물적 자원을 사용하는 것은 긍정적인 영향을 준다. 사회로의 재통합을 도모하고 범죄를 줄일 수 있기 때문이다. 하지만 범죄자를 위한 복지를 어디까지 보장해야 하느냐는 중요한 문제다.

2022년 8월, 서울에 쏟아진 폭우로 반지하주택에 살던 가족이 집 안에 고립돼 사망하는 사고가 발생했다. 게다가 그 가족은 발달장애 가족이었다. 그 이후로 반지하주택 거주자 등 침수 재해 약자가 집중호우 시 신속하게 대피할 수 있도록 돕는 동행파트너라는 제도가 생겼다. 지금 이 순간에도 가난과 사회의 구멍 뚫린 제도 때문에 괴로워하는 소외층이 넘쳐난다. 반지하 주택에 고립돼 한 가족이 사망한 사건은 아주 작은 부분에 불과하다. 조금만 관심을 가지고 들여다보면 그것보다 비극적인 일이 지금도 수없이 일어나고 있다. 문명의 발달로 인권이 신장됐다. 문화와 정치, 문명이 발달한 결과 인권 역시 같이 올라간 것이 사실이다.

하지만 인권이라는 이름 아래 범죄자를 보호하는 것만큼 과연 소외층을 위한 복지는 잘 이루어지고 있는가? 쉽게 답할 수 없다. 흉악범죄를 저지른 사람들이 한겨울에 따뜻하게 밥을 먹는 것은 당연한 것이 아니다. 범죄자를 위한 교화시설과 그에 소비되는 비용은 사람들이 낸 혈세로 운영되고 있는 것이다. 그러나 선천적인 불행으로 괴로워하는 장애인들과 자신을 돌봐줄 부모가 없는 아이들, 그런 곳에는 얼마큼의 복지와 관심이 쏟아지고 있는가에 대해 생각해볼 필요가 있다.

36

" 물질이 주는 행복에는
한계가 있다 "

- 아르투어 쇼펜하우어 -

■ **돈이 많으면 행복해질까?**

많은 사람이 행복의 절대 조건으로 뽑는 것이 하나 있다. 바로 돈이다. 돈은 무조건적으로 나쁜 거라고 말하기 위해 글을 쓰는 것이 아니다. 돈은 분명 좋은 점이 있다. 삶을 윤택하게 해주고 가족을 지키거나 시간을 단축하게 해주기도 한다. 하지만 중요한 것은 물질이 주는 행복에는 한계가 있다는 것이다. 평생을 차 없이 살았던 사람에게 자동차가 하나 생긴다면 그 기쁨은 이루 말할 수 없을 것이다. 열심히 노력해서 산 것이니까. 더 열심히 노력해서 처음 샀던 차보다 훨씬 좋은 차를 샀다면 그것도 기쁠 것이다. 하지만 그 기쁨은 아무것도 없는 상태에서 차라는 물질이 생겼을 때보다 덜할 수밖에 없다.

삶의 최우선적인 가치를 물질로 놓는다면 비극이 시작된다. 더 좋은 차를 사는 것만이 자기 자신의 존재를 증명하며 행복을 느끼는 유일한 수단이 되기 때문이다. 더 좋은 차를 사기 위해서 일하는 시간은 늘어날 것이며 그만큼 자기 자신을 돌보는 시간은 줄어든다. 사랑하는 사람들과의 소소한 저녁 식사는 물론이요, 산책을 하며 계절이 바뀌는 것을 느끼는 일 또한 사치스러운 일이 되어버린다. 소유하는 게 많아지면 불안도 많아진다. 잃을 것이 많아지기 때문이다. 만약 물질만이 행복의 가장 최우선되는 조건이라면 세계적인 부자들은 아무런 고통도 겪지 않아야 정상이다. 실상은 어떤가? 남들이 부러워할 만큼의 재력을 소유하고 있는 사람도 우울증으로 자신의 삶을 스스로 끝낸다. 호화로운 생활은 그것을 유지하기 위해 우리의 비참함을 바쳐 기쁨, 즐거움, 쾌락으로 바꿀 것을 요구한다.

행복은 절대적인 것이 아니다. 어느 정도의 금액을 모았다고 해서 행복한 것은 아니며 어떤 위치에 올랐다고 해서 반드시 행복해지는 것도 아니다. 자기 자신의 삶에 만족하느냐, 만족하지 못하느냐가 중요하다.

37

" 소유에 대한 만족은
모두에게 상대적이다 "

- 아르투어 쇼펜하우어 -

■ 급 나누기에 관하여

사람들은 본능적으로 급 나누는 것을 좋아한다. 사람답게 잘 사는 방법을 가르치는 학교에서조차 상급반과 하급반을 나누어 학생들을 가르치며, '저급'과 '고급'이라는 말을 아무 거리낌 없이 사용한다.

최근엔 여러 가지 계급도까지 등장하는 추세다. 시계 브랜드별 계급도, 자동차 브랜드별 계급도, 사는 동네 계급도까지 만들어져 사람들의 입에 노골적으로 오르내리고 있다.

심지어 가장 낮은 계급에는 '천민'이라는 이름이 붙어 있는 경우도 있다. 물론 그런 콘텐츠를 만드는 사람도 소비하는 사람도 재미 삼아 본다고 하지만, 이러한 콘텐츠가 만들어지고 유통되는 현상 자체가 격화되는 급 나누기 풍조를 여실히 보여준다.

기업마저도 이를 부추긴다. 기본 모델을 만들어놓고 그 위에 로열, 노블레스, 프레스티지 등의 특정 계급을 연상시키는 이름을 붙여둔다. 명품 브랜드는 재고품을 할인해서 팔기보단 소비자들의 사회적 신분을 보호하기 위해 그것들을 불에 태워버리는 쪽을 택한다.

모두가 같은 것을 누려야 하고 개인이 노력한 대가를 무시해야 한다는 말을 하려는 게 아니다. 다만, 과도한 물질적 계급론 안에서 허우적거릴 필요는 없다는 말을 하려는 것이다.

절대다수가 말하는 좋고 나쁨의 기준에서 빨리 탈출해야 한다. 소유에 대한 만족은 절대적인 게 아니라 상대적인 것이기 때문이다. 오직 각자가 원하는 만큼과 그 소유물의 관계에만 달려 있기 때문이다. 계급의 가장 아래에 있는 것만으로 충분히 행복해하는 사람도 있는 반면 가장 최상위의 것을 갖고도 만족하지 못하는 사람도 있다. 어떤 사람은 자신이 얼마만큼의 재산을 축적해야 하는지 생각하지 않고, 가진 것이 그다지 많지 않아도 충분한 만족감을 느낀다. 하지만 그렇지 못한 사람은 그보다 몇 배나 많은 것을 가지고 있으면서도 자신이 원하는 하나가 없으면 누구보다도 불행하다고 느낀다.

'이게 정말 나한테 좋은 것일까?'

'이만큼의 만족을 위해 이만큼의 시간과 노력, 물질을 투자할 만한가?'

'더 합리적이고 훌륭한 대안은 없는가?'

우리는 이러한 질문을 살아가는 내내 끊임없이 스스로에게 물어야 한다. 이 질문들에 제대로 대답할 수 있게 된다면, 그 순간부터 내가 좋아하는 것이 더 좋아질 것이며 쓸데없는 지출은 줄어들고 세상의 모든 가치를 새로 보게 될 것이다.

38

" 더 많은 부를 얻으려
너무 노력할 필요는 없다 "

- 아르투어 쇼펜하우어 -

■ **자산들 사이의 균형을 맞출 것**

아리스토텔레스에 의하면, 인간의 자산은 세 등급으로 나
눌 수 있다. 가장 높은 등급을 차지하는 자산은 아름다움과
도덕성, 건강과 같은 인격 그 자체다. 다음으로는 인간이 지
니고 있는 재산과 소유물, 마지막으로는 명예와 명성처럼
남에게 주는 인상이다.

이 세 가지의 자산이 어느 하나가 과하거나 모자람이 없
이 골고루 갖춰졌을 때, 인간은 가장 건강하고 행복한 삶을

살아갈 수 있게 된다. 하지만 가난한 사람과 부자인 사람의 격차가 그러하고 사람의 앉아 있는 자세나 운동하는 자세가 그러한 것처럼, 이러한 자산들도 그것들 사이의 대칭이나 균형이 과하게 맞지 않으면 반드시 크고 작은 문제가 발생하기 마련이다.

　누군가는 "돈은 많으면 많을수록 좋다!"고 열변을 토하는 세상이지만 사실 먹고 살 만큼을 까마득히 넘어선 필요 이상의 부는 우리의 만족감과 행복에 아주 미미한 수준으로 작용할 뿐이다. 오히려 너무 많은 재산을 유지하기 위해 반드시 따라오는 걱정과 불안 때문에 행복에 방해를 받는다. 매일같이 사람들의 입에 오르내리고 더러운 사건에 연루되곤 하는 재벌들의 삶을 보면 쉽게 알 수 있다. 돈이 정말로 많으면 많을수록 좋은 것이라면, 왜 그들은 단 한 번도 세상을 다 가진 것처럼 활짝 웃지 않는 것인가?

　현실적으로 만족할 수 있는 부의 수준을 스스로가 정해두어야 한다. 다만 말했듯, 너무 어마어마하지는 않게 말이다. 그리고 열심히 노력하여 일정 수준의 부를 축적했다면, 그 이후로는 건강과 능력 개발에 집중하는 것이 궁극적인 행복을 쌓아가는 유일한 방법이 되겠다.

39

" 자신에게 자주 이렇게 묻자.
이것이 내 것이 아니라면 어떨까? "

- 아르투어 쇼펜하우어 -

■ 획득보다는 상실을 생각하라

사람은 욕망하기 때문에 괴로운 존재다. 이미 가진 것이
있어도 새로운 무언가가 보이면 그것을 또다시 욕망한다.
그게 물건이 됐건 사람이 됐건 뒷일은 생각하지 않고 '만약
저게 내 것이면 얼마나 좋을까?'라는 생각부터 해버리고 마
는 것이다.

그런 섣부른 욕망은 두 가지 재앙을 불러온다. 한 가지는
나는 그것을 욕망하고 있는데 당장 그것이 내 소유가 아니

라는 데에서 오는 박탈감을 느끼는 것이며, 다른 한 가지는 조금 전까지는 아무런 불평불만도 없이 지내고 함께하고 있었던 존재에게 갑작스러운 싫증과 권태를 느끼기 시작하는 것이다. 영원히 끝없이 반복될 것만 같은 욕망이라는 굴레에서 벗어나는 유일한 방법이 있다. 바로 스스로에게 다른 질문을 건네보는 것이다.

'만약 저게 내 것이라면 얼마나 좋을까?'라는 질문 대신, '지금 내가 갖고 있는 것이 사라진다면 나는 어떻게 해야 할까?'라고 묻는 순간, 사람의 마음속에선 화학반응만큼이나 즉각적인 반성과 자기만족이 발생한다. 지금 내가 입고 있는 옷, 재산, 함께해주는 사람들, 몸담은 직장 같은 것들이 돌연 소중하게만 다가오는 것이다.

깜깜한 숲에 갇히고 나서야 빛의 소중함을 알고 사막을 걷고 나서야 물의 소중함을 알게 되는 것처럼, 대체로 사람은 무언가를 상실하고 나서야 그것의 가치에 대해 배운다. 그리고 노력한다면 같은 실수와 착각을 반복하지 않는다. 인간은 기억하고 학습하는 능력이라는 축복을 받은 존재이기 때문이다.

이렇게 사물을 바라보는 방식의 전환 하나만으로 당신은 그것을 이미 갖고 있다는 사실만으로 무한한 행복감을 느끼게 될 것이다.

40

" 하찮은 지금일지라도
가장 찬란했던 과거보다는 우월하다 "

- 아르투어 쇼펜하우어 -

■ 가장 비싼 것은 지금이다

오래된 술집이나 한낮의 공원이 가끔 이상하리만치 우울하게 느껴지는 것은 그곳에 과거의 망령이 깃들어 있기 때문이다. 귀를 잘 기울여보면, 그곳에는 굉장히 높은 확률로 옛날얘기를 하는 사람이 있다. 지금은 별 볼 일 없는 삶을 살고 있지만 몇 년 전에는 커다란 돈을 주물렀다는 이야기, 지금은 몸이 다 늙어버렸지만 그때는 누가 봐도 근사한 외모를 갖고 있었다는 이야기를 앵무새처럼 늘어놓는 사람들이 어김없이 그곳 어딘가에 숨어 있는 것이다.

물론 다시금 내 것이 될 수 없을지 모르는 영광의 그날을 추억하거나 땅을 치며 과거를 후회하는 것은 어디까지나 자유이다. 그러나 그것을 듣는 사람이 감탄하느냐 심드렁해하느냐는 다른 이야기다. 보통 과거의 무용담을 듣는 사람들은 그다지 놀라워하지 않는다. 앞에 있는 사람이 과거에 아무리 대단한 사람이었다고 해도 지금은 그다지 대단해 보이지 않으니, 나와는 상관없는 이야기라고 생각하게 되는 것이다.

　시간은 단 한 순간도 멈추지 않고 늘 그래왔던 것처럼 계속해서 흐른다. 그 흐름 속에서 누군가는 흥하기도 하고 망하기도 한다. 새로운 사람을 만나기도 하고 오래된 사람과 헤어지기도 한다. 자라나기도 하고 시들기도 한다. 그렇게 매 순간의 우리는 새로운 상태를 맞이하는 것이다.

　지금 존재하는 것은 바로 다음 순간에 이미 존재했던 것이 된다. 존재했던 것이 되었다는 것은 다시는 그 상태로 되돌아갈 수 없다는 뜻이 된다. 그렇기에 아무리 현실에서는 하찮은 현재라도 가장 중요했던 과거보다는 우월한 것이며,

현재와 과거의 가치 차이는 없음과 있음의 차이만큼이나 압도적인 것이다.

그러므로 낡은 술집이나 공원에 있는 사람들이 그러한 것처럼, 굳이 과거에 얽매일 이유가 절대 없다. 과거의 내가 얼마나 대단한 사람이었든 그것에 도취되어서는 안 되며, 과거에 아무리 커다란 잘못을 저지르거나 초라했을지라도 그것을 소중한 현재를 버려가면서까지 비관할 필요는 없다는 말이다. 마찬가지로 다가오지 않은 미래에 대한 불안으로 가장 귀중한 지금을 아무것도 하지 못한 채 과거 속으로 밀어넣고는 후회하고 고통스러워하는 바보가 될 필요도 없다.

살아서 숨 쉬고 있는 이 순간에도 현재는 순식간에 과거의 허상이 되어버리고 있다는 이 진리가 삶을 더욱 허무하게 만들 수도 있겠지만, 그건 '지금을 어떻게 살아가야 할 것인가'를 명확히 정할 수 있을 만큼 자기만의 진리를 깨우친 자에게는 오히려 매 순간을 소중하게 살아가야 하는 우주에서 가장 찬란한 이유가 되어주기도 할 것이다.

41

" 나보다 슬픈 자를 보는 일이
나를 웃게 한다 "

- 아르투어 쇼펜하우어 -

■ 비극을 통해 찾는 행복의 의미

사람은 이미 너무도 무심하게 살고 있었으면서 막상 죽음의 위협이 눈앞에 다가오면 그제야 '살고 싶다'는 의지를 불태운다. 또한 어떤 비극적인 사건에 휘말려 건강과 재산을 잃고 나서야 그 사건이 일어나기 전의 상황이 극히 행복하고 평온한 상황이었다는 것을 뒤늦게 깨닫는다. 살고자 하는 의지, 행복에 머물고자 하는 의지가 잠잠히 가라앉아 있다가 어떤 장애물이나 사건을 만나고 나서야 발현되는 것이다.

행복과 만족은 소극적으로 느끼고 슬픔과 괴로움은 적극적으로 받아들이는 것은 인간에게 벌처럼 내려진 재앙이다. 인간은 이러한 징벌 때문에 아무리 소유해도 감사함을 모르고 매번 한 걸음 늦게 사물과 사람의 소중함을 깨닫고 후회한다.

행복감을 조금이나마 더 적극적으로 느끼는 방법은 타인의 불행과 비극을 보며 행복감을 느끼는 것이다. 물고기도 슬픔과 기쁨을 느낄 수 있다는 전제하에 음식점 수족관에 갇힌 물고기들은 모두 죽음의 공포에 떠는 가련한 존재들이다. 손님을 맞이한 요리사가 수족관으로 다가오면 물고기들은 일제히 '제발 내가 잡혀가지 않기를' 바란다. 그리고 요리사에게 어느 물고기 한 마리가 잡혀가고 나면, 나머지 물고기들은 살아남았다는 안도감, 저 도마 위에 있는 것이 내가 아니라는 극도의 행복감을 느낀다.

인간세계 역시 그다지 다를 바가 없다. 세상에는 인간을 울게 하고 인간의 생명을 앗아가는 여러 일들이 매일 일어난다. 그리고 그 일을 가까스로 비껴간 사람은 비극의 당사

자가 내가 아니라서 참 다행이라는 생각에 오늘과 세상에
감사하는 것이다.

물론, 오늘날처럼 최소한으로 요구되는 도덕 개념이 높아
진 세계에서는 이는 올바른 방향이 아닐지도 모른다. 그러
므로 불행의 당사자를 타인으로 설정하는 대신 과거 혹은
미래의 나로 설정해두는 것도 방법이 될 수 있을 것이다. 과
거의 최악의 하루와 오늘을 비교하며 안도하고 미래에 내게
일어날지 모를 비극을 오늘의 나는 겪지 않았으니 행복하게
여기는 것이다. 그런 생각만으로 우리는 오늘을 조금이나마
더 감사히 살아갈 수 있게 될 것이다.

42

" 독서는
생각하는 사람을 변화시킨다 "

- 아르투어 쇼펜하우어 -

■ **독서의 의미**

인간은 배가 고프면 음식을 먹는다. 피곤하면 잠을 자고 아프면 약을 먹는다. 눈에 보이는 것은 관리하기가 쉽다. 눈에 보이지 않는 것에 비하면 말이다. 그러면 정신은 무엇으로 챙겨야 하는가. 정신의 영양은 어떻게 충족해야 하는 것인가. 바로 책이다. 지적으로 성장하고 깊이 있는 이해를 얻는 데 중요한 역할을 하는 것은 책이다. 오랜 세월 동안 쌓인 지혜와 경험을 담고 있는 책이라는 사물은 새로운 관점을 확장하고 깊이 있는 통찰력을 얻게 하는 좋은 수단이 되어준다.

책을 읽음으로써 세계의 현상을 이해하고 역사의 흐름을 파악한다. 책은 자연법칙을 이해하고 인간의 본성을 탐구할 수 있는 창문이 되어준다. 책을 통해 얻은 지식이 우리의 사고를 발전시키고 나를 조금 더 나은 사람으로 만들어주는 것이다. 독서의 또 다른 참 의미는 책에서 접하는 다양한 이야기를 통해 나 자신의 가치관을 들여다보게 된다는 점에 있다.

새로운 생각을 받아들이고 해석하는 과정에서 넓어지는 것은 나의 자아다. 무조건적으로 모든 지식을 다 받아들이는 것은 건강하지 않은 방법이다. 그 안에서 무엇이 나에게 맞고 또 무엇이 나에게 맞지 않는지 대입해보는 과정을 통해 지적 성장이 이루어지는 것이다. 내가 나에 대한 이해도가 상승하는 것도 이 과정을 통해서 이루어진다. 이뿐만이겠는가. 폭넓은 지식과 풍족한 경험은 새로운 관점을 제공하고 죽어 있던 감정을 자극한다. 책은 정신의 먹이다.

43

" 인간은 자신의 운명을
자신의 성격에 의해 만든다 "

- 아르투어 쇼펜하우어 -

■ 운명을 결정짓는 것

인간의 삶은 우연의 연속이 아니다. 오로지 선택과 행동에 의해 결정되는 것이다. 인간의 행동은 자유의지나 이성적인 결정에 의해 결정되는 것이 아니라 내재된 의지나 본능에 의해 결정된다. 모든 존재는 결국 의지로부터 파생되는 것이다. 의지는 모든 현상의 근본적인 원천으로 인간의 욕망과 본능에 기인한다. 우리의 행동과 운명은 우리 내부에 내재된 의지에 의해 결정되는 것이다.

우리의 성격은 우리가 태어날 때부터 함께하는 것이다. 욕망, 가치관, 행동, 패턴, 습관 등을 결정하는 것으로 우리의 삶에 막대한 영향을 미친다. 성격은 운명을 결정하는 데 중요한 역할을 한다. 낙천적이고 적극적인 사람은 고통을 접했을 때 긍정적으로 대처할 가능성이 높다. 반면 비관적이고 소극적인 성격을 가진 사람은 비슷한 상황에서 더 부정적으로 반응할 수 있다.

하지만 외부 환경도 우리의 삶에 중요한 영향을 미친다. 우리의 선택은 내 안의 내재된 의지와 외부 요인과의 상호 작용을 통해 결정되기 때문이다. 우리의 내적 성격과 외부 환경 사이의 상호 작용을 이해하고 우리의 선택과 행동을 통해 우리의 운명이 결정된다는 것에 주의를 기울여야 한다.

44

" 노동자에게는 노동의 대가 대신
더 힘든 노동만이 남겨진다 "

- 아르투어 쇼펜하우어 -

■ 노동자들은 몇백 년째 속고 있다

당신은 정말 지금 이 시대의 자본주의가 완벽한 자본주의라고 생각하는가? 자본주의가 생겨난 지도 어느덧 꽤 오랜 세월이 흘렀기 때문에 그렇다고 생각할 수도 있겠지만 나는 여전히 자본주의가 제대로 성립되려면 멀었다고 판단한다.

그 이유로는 존경의 측면에서 봤을 때 대다수의 사회 구성원이 잘못된 대상들을 존경하고 있기 때문이다. 계급이나 높은 부의 수준은 존경의 대상이 아니다. 자본주의의 이론에 따르면 그런 지표가 아니라 '하는 일'에 따라 존경을 받는 것이 마땅하다. 그가 하는 일이 많은 이에게 이득과 도움이 되어야만 그를 존경받을 만한 사람이라고 칭할 수 있는 것이다. 하지만 지금의 자본주의는 그런 방식대로 흘러가고 있는가? 아마 자신에 차서 그렇다고 대답하는 사람은 별로 없을 것이다.

우리는 기업과 사회 분위기가 부추기는 대로 부자들만 존경하고 노동자들의 수고는 무시하곤 한다. 하지만 조금만 냉철하게 생각해보면 사실 가진 자들의 머릿속에는 노동자들에게 더 많은 노동을 전가할 계획밖에 없다. 국가는 노동자들이 더 많은 돈을 벌게끔 하려면 어쩔 수 없이 더 많은 양의 노동을 할당해야 한다고 말하지만 사실 그 내막에는 노동만이 더 많이 할당될 뿐, 노동에 따른 거의 모든 대가는 소수의 기업가들에게 쏠리고 있다는 것을 알 수 있다.

누군가는 여기서 이렇게 말할 수도 있다.

"기업의 총수들에게 일단 큰 규모의 재산이 떨어지면 낙수효과에 의해 노동자들에게도 대가가 돌아가지 않을까?"

낙수효과란, 뜻 그대로 위에서 아래로 흐르는 물처럼 고소득층의 소득증대, 대기업의 발전이 저소득층과 중소기업의 발전으로 향한다고 보는 관점이다. 해당 관점이 설명하는 대로 자본이 흐르기만 한다면야 더없이 이상적으로 여겨지겠지만 실상은 그렇지 않다. 그 물이 안 떨어지고 위에서 맴돌기만 하기에, 즉 모든 자본이 대주주나 경영진의 주머니 속에 들어간 뒤로는 아래로 흘러내리질 않기 때문이다.

그렇게 점점 말라만 가는 노동 환경에서 노동자들은 여전히 적은 임금을 받고 더 많은 노동을 하다가 크게 다치거나 죽음을 맞는다. 그리고 그렇게 떨어져 나간 노동자를 국가는 늘 그랬듯 모르는 척한다.

산업 혁명이 일어난 지도 몇백 년이 흘렀다. 하지만 이러한 문제는 아직까지도 지난하게 반복되고 있다. 아직도 어떤 청년은 관리감독 요원이 있어야 하는 공장에서 혼자 일하다가 기계에 끼어 죽고 다른 어떤 가장은 일터에서 며칠

동안 밤샘 야근을 하다가 과로로 사망한다. 과연 이걸 정상적인 자본주의, 정상적인 노동환경이라고 볼 수 있을까?

몇백 년 동안 이어져온 흐름을 단번에 끊어내기는 쉽지 않겠지만 이 흐름에 그대로 편승하는 것과 나름의 올바른 통찰을 갖고 용기를 내고 작은 목소리를 보태는 것에는 분명한 차이가 있다. 한 사람의 용기에는 별 볼 일 없는 힘만이 담겨 있을지 모르지만 사실 그 용기에는 또 다른 한 사람의 용기를 새롭게 일깨울 수 있는 무한한 가능성이 있기 숨어 있다.

그러니 당신도 작은 용기를 보태보길 바란다. 당신과 당신의 가족을 위해, 언젠가 어디선가 투쟁을 이어갈 당신의 자손을 위해서.

45

" 돈은 자유를 구매할 수 있게 하지만,
동시에 인간을 새로운 종류의 노예로 만든다 "

- 아르투어 쇼펜하우어 -

■ 돈의 이중성

돈이라는 건 참 신기하다. 동전의 양면이 각각 다른 모양을 지니고, 간혹 승부사들에게 삶과 죽음을 가르는 도구로 사용되기도 하는 것처럼, 돈에는 실제로 다정함과 비정함이 동시에 담겨 있다.

돈은 분명한 장점을 지니고 있다. 재화와 서비스를 구매하는 대가가 되어줌으로써 비용을 지출한 인간에게 자유를 제공하고, 개개인의 욕망에 따라 쓰이며 각자의 욕망을 충족시키는 수단이 되어주기도 한다. 예를 들어, 개인이 재정적인 안정을 얻게 되면 기본적인 생활 욕구를 넘어서서 추가적인 소비를 통해 자신의 관심사와 열정을 추구할 수 있는 자유를 손에 넣는 것이다.

그러나 동시에 돈은 인간을 물질적인 욕망의 끝없는 추구로 이끌고 결국엔 인간이 새로운 형태의 종속성에 빠지도록 유도하는 성질도 함께 갖고 있다.

진정한 행복과 만족은 외부 세계의 재산이나 성취에 의존하지 않고, 내면의 평화와 욕망의 조절에서 비롯된다. 물질적 소유는 궁극적으로는 인간의 근본적인 불만족을 해결할 수 없으며, 오히려 욕망의 불길을 더욱 부추길 뿐이다. 그렇기에 우리는 돈과 재산에 대한 건전한 태도를 갖는 것이 중요하며, 이는 인생에서 진정한 의미와 만족을 찾는 데 필수적인 요소로 간주된다.

돈과 재산에 대한 건전한 태도는 다음과 같은 방법들이 있다.

맨 처음으로는 '욕망의 조절'이다. 무한한 욕망이야말로 인간 불행의 근원이기 때문이다. 돈과 재산에 대한 건전한 태도는 무엇이 진정으로 필요한지를 인식하고 불필요한 욕망을 제한하는 것에서 시작된다. 이는 물질적 소유에 대한 집착을 줄이고 더 간소하고 의미 있는 삶을 추구하는 데 도움이 된다.

다음으로는 '내면의 가치 인식'이다. 진정한 만족과 행복은 내면으로부터 비롯된다. 따라서 돈과 재산을 추구하는 것이 아니라 자기 자신의 내면적 발전과 정신적 만족에 더 많은 가치를 두어야 한다. 이는 인간이 자신의 존재와 경험을 통해 얻을 수 있는 진정한 만족감을 부각시켜준다.

마지막으로는 '만족과 감사의 중요성을 인정하는 것'이다. 현재 가지고 있는 것에 대해 감사하고 만족하는 일 역시 중요하다. 끊임없이 더 많은 것을 추구하기보다는 현재의 상황에서 만족을 찾으려는 태도는 내면의 평화와 행복을 증진시킬 수 있다.

이러한 방법들을 따라 돈에 대한 건전한 태도를 지니게 되다면, 우리는 돈으로부터 좋은 것은 취하고 위험한 것은 피할 수 있는, 진정한 돈의 주인이 될 수 있을 것이다.

지혜로운 사람은 고독으로부터 두 가지 이점을 얻는다.

첫째는 자기 자신과 함께할 기회를 얻는다는 점,

둘째로는 남과 함께하지 않을 기회를 얻는다는 점이다.

4장 "관계"

46

" 동지를 구별하는 가장 좋은 방법은
소문에 대한 그의 대처 방식을 보는 것이다 "

- 아르투어 쇼펜하우어 -

■ 가까울수록 상처받는다

응원과 도움은 다르다. 힘들어하는 사람에게 "할 수 있다"
고 말해주는 것은 응원이지 도움이 아니다. 도움은 그 사람
의 문제를 해결할 수 있는 직접적인 해답을 제공하는 것이
다. 마찬가지로 추종과 아첨은 우정이 아니다. 누군가가 나
를 맹목적으로 추종하고 듣기 좋은 말만 한다면 나와의 우
정이 깊기 때문이 아니라 마음속에 다른 뜻을 품었기 때문
일 가능성이 있다. 진정한 친구는 내가 잘못됐을 때 따끔한
충고를 건넨다. 교만해졌을 땐 그에 맞는 질책을 아끼지 않

는다. 이것만큼 막대한 자산은 없다.

인격의 특징 중 하나는 이중성이다. 조언이 필요한 사람일수록 간섭받는 것을 싫어하고 위로가 필요한 사람일수록 동정을 환멸한다. 상처받을까 두려워하면서도 관계가 깊어지면 자신의 이야기를 털어놓는다. 문제는 여기서 발생한다. 대부분의 경험에 의하면 친구라고 믿었던 사람으로부터 상처받는 경우가 많기 때문이다.

경험으로 봤을 때 적과 동지를 구별하는 가장 좋은 방법은 그가 소문에 어떻게 대처하느냐를 보는 것이다. 내가 그에게 털어놓은 이야기를 다른 사람에게 전달하는가를 유심히 보면 된다. 반대의 경우도 중요하다. 내가 친구라고 생각했던 그 사람이 다른 사람의 이야기를 내 앞에서 함부로 한다면 그는 다른 자리에서 내 이야기를 함부로 할 가능성도 있는 사람인 것이다. 인간은 가깝고 친할수록 상처를 줄 가능성이 높다. 가까운 사람에게 받은 상처는 환멸을 낳는다. 다른 사람들과 친밀한 관계를 맺는다는 것은 결국 타인을 자신의 욕망과 동일시하는 것이기 때문이다. 나 자신과 동일시한 대상에게 받는 상처가 유독 큰 이유도 그 때문이다.

타인의 재능이나 풍족한 삶을 보고 대다수 사람이 칭찬과 격려를 할 것 같지만, 속으로는 시기와 질투심에 사로잡힌다. 가까울수록 때로는 거리를 두어야 하는 것도 이 때문이다. 인간관계를 정리하라. 고독을 생산적으로 활용해야 한다. 타인에 의해 내 행복이 좌지우지되는 건 불완전한 행동이다. 가까울수록 거리를 두고 만약 그 사람이 나의 진정한 친구인지 확인하고 싶다면 소문에 대처하는 자세를 보라.

47

" 명예와 체면이
진정한 자랑거리가 될 수 있을까? "

-아르투어 쇼펜하우어 -

■ 명예는 종이로 만든 왕관에 불과하다

명예를 만드는 것들에는 여러 가지가 있다. 어떤 대학교 출신이며 어떤 직업을 가졌는지, 얼마나 권위 있는 상을 받았고 얼마나 높은 직급에 있는지와 같은 것들이 그 예이다. 아주 많은 상황에서 그런 것들은 참 대단하게 여겨진다. 어떤 경우엔 그것들이 마치 그 사람 주변을 빛내는 후광처럼 느껴지기까지 한다. 특히 오래전부터 개인보다는 집단을 구성하는 것에 집중해왔던 아시아권 국가들에서는 그런 모습을 더 자주 목격할 수 있다.

하지만 그런 것이 다 덧없어지는 순간도 있다. 어이없는 사고에 휘말려 그 명예의 주인이 죽음을 맞거나 논란에 휩싸여 나락으로 떨어지는 경우가 그렇다. 그들을 그토록 대단하게 보이도록 꾸며주던 명예와 체면은 그런 상황에서 아무런 도움이 되어주지 못한다. 오히려 그 몰락을 더욱 극적으로 보이게 할 뿐이다.

칭송의 당사자가 되더라도 마냥 좋기만 한 것은 아니다. 수많은 사람으로부터 박수와 찬사를 받더라도 집으로 돌아가는 길에는 늘 이상한 허탈감이 든다. 현관문을 열고 소파에 앉으면 결국 혼자일 텐데 그러한 칭찬들이 다 무슨 소용인가 싶어지는 것이다.

그토록 덧없는 체면이 오늘날 한 사람의 가치를 판단할 때 막대한 비중을 차지하는 이유는 이 시대의 거의 모든 인간관계가 편견들로 가득하기 때문이다.

또한 자랑할 만한 인격적인 장점이 어떤 자리나 출신에서 얻은 명성 말고는 그 무엇도 없기 때문이다. 실제로는 당당하게 내세울 만한 도덕성이나 아름다움이 없으니 사람들의 존경을 받지 못할 것이 뻔한 것을 알면서도, 동시에 인정받고 싶다는 양가감정이 일어 스스로를 휘황찬란한 미사여구들로 포장해버리고 마는 것이다.

그렇게 얻어낸 체면과 명예는 냉철한 사람들의 표적이 되기가 쉽다. 그리고 그들의 본격적인 공격이 시작되면, 그 명예의 주인은 그렇게 위태롭게 쌓아 올린 명예가 혹여나 무너져버리진 않을까 두려워 예민하게 대응한다. 반짝이는 칭송의 말들로 가득했던 장소가 순식간에 진흙탕이 되어버리고 마는 것이다.

이쯤에서 다시 묻고 싶다. 과연 이러한 명예와 체면이 누군가의 진정한 자랑거리가 될 수 있을 것인가? 우리는 누군가가 지닌 것들 중 어떤 것을 존경해야 하며 무엇으로부터 존경을 얻을 수 있는가? 적어도 한낱 깃털처럼 가벼운 명예와 체면 따위는 아닐 것이다.

48

" 부모는 자신이 희생했던 것들을
자녀에게 투영하려 들기 시작한다 "

- 아르투어 쇼펜하우어 -

■ 가족이라는 전쟁터

결혼은 엄밀히 따지자면 이성적인 행위와는 거리가 있다. 너무나도 다른 환경에서 성장해온 두 사람이 하나의 가정을 이루기 위해선 반드시 각자가 지닌 기질과 욕망 일부를 버려야 하며, 그것을 버린 만큼의 보상이 명확하게 돌아오지도 않기 때문이다. 쉽게 말하면 '모두가 손해보는 장사'이기 때문이다. 물론 사랑이라는 감정 자체가 합리성이나 이성과는 거리가 먼 신비한 감정이기 때문에 결혼을 장사나 거래와 비슷한 개념으로 삼는 데에는 문제가 있는 것이 사실이지만 말이다.

　사랑이라는 감정을 통해 부부로 맺어진 두 사람은 처음에는 자신이 포기한 것들에 대해 아무런 미련이 없는 듯 보이지만 그것은 후에 어떤 거대한 사건이 발생함과 함께 폭발하기 시작한다. 바로 자녀의 탄생이다.

　자녀가 탄생함과 동시에, 부모는 자신이 희생했던 기질과 욕망 같은 것들을 자녀에게 투영하려 들기 시작한다. 그러므로 이 아이의 이 부분은 자기를 닮았으며, 저 부분 역시 자기를 닮았다고 주장하는 것이다. 자신이 좋아했던 취미생활을 자녀에게도 권하고 서로가 입히고 싶은 옷이 달라 다투기도 하는 것이다. 그렇게 자녀에게 배우자보다 자신의 모습을 더 많이 투영하고자 하는 욕망은 사랑 때문에 자신이 포기했던 것들을 늦게라도 보상받으려는 심리라고 할 수 있다.

　하지만 부모가 아주 어릴 때부터 그래왔던 것처럼, 자녀는 어느 정도 나이를 먹으면 자신의 기질이나 개성이 부모와는 상관없는 자신만의 것이라고 생각하기 시작한다. 그래서 부모가 강압적으로 무언가를 요구할수록 더욱 엇나가게 되고 가끔은 일부러 다른 선택을 골라서 하기 시작한다. 자녀와 부모 사이의 애정과 증오가 뒤섞인 전쟁은 이렇게 서서히 막을 올리게 된다.

그러므로 다르게 말하면 대부분의 부모와 자식 사이의 문제는 묶여 있는 매듭을 거꾸로 풀어가는 방식으로 해결할 수 있다. 나의 말과 요구가 자녀에게는 폭력적으로 다가가지는 않을지를 염려하고 나의 부모가 과연 어떤 것을 포기하면서 살아왔는지를 차분하게 떠올리며, 그들이 나를 향해 품었던 기대와 사랑이 결국은 자녀에게도 같은 무게로 전해질 수 있다는 점을 이해하는 것이 중요하다.

49

"과도한 관계 의존도
일종의 질병이다"

- 아르투어 쇼펜하우어 -

■ 나는 나와 함께한다

삶에 있어서 가장 명료하고 차가운 진실 중 하나, 바로 인생은 혼자라는 점이다. 한 사람이 태어나고 나이가 들어가면서 수많은 사람과 만나고 헤어지겠지만 평균을 내어 바라보면 인간은 나이가 많아질수록 혼자 있는 시간도 많아진다. 아이일 땐 부모를 비롯한 어른이 주변에 있어야만 하기에 주변에 사람이 많을 수밖에 없고, 청소년기에도 많든 적든 학급 구성원들과 함께할 기회가 있다. 하지만 점점 자라날수록 집단으로부터는 멀어지고 노년에 이르러서는 더없이 고독한 일상이 기다리고 있는 것이다.

이것은 당연한 현상이기 때문에 슬기롭게 대비해야 한다. 외로움에 지지 않으려면 혼자 있을 때 뭘 하면 행복한지를 잘 파악해야 한다. 어쩌면 젊은 시절은 나에 대해 알아가는 시간, 혼자 있을 때 무엇을 하면 좋을지를 생각하고 연습하는 시간일지도 모른다.

어떤 사람은 혼자 있을 때 산책을 하면 행복감을 느끼고 격렬한 운동을 하면 행복해지는 사람도 있다. 손으로 무언가를 만들거나 무해한 공상을 하는 것도 행복의 원천이 될 수 있다.

하지만 혼자일 때의 공허함을 오직 사람을 통해서만 채우려는 사람이 있다. 나는 이것이 그다지 건강한 방법이 아니라고 생각한다. 사람을 만나면 어쩔 수 없이 돈도 많이 들어가고(대부분의 만남에서는 식사나 술이 함께하므로) 시간과 정성, 체력도 많이 소비된다. 공허함을 채우기 위해 그 많은 것을 지불하는 것은 애초에 수지가 맞는 일이 아니다.

또한 인간관계로부터 비롯되는 질투, 집착, 허무, 슬픔, 상실감, 치정과 같은 리스크도 감내해야 함은 물론, 모든 것이 잘 맞는 사람을 만나는 일은 하늘의 별 따기이기에 요행에 가까운 일이라고 할 수 있다. 냉혹하게 말하자면 수많은 인간의 불행은 혼자 있을 수 없기에 발생하는 것이나 다름없는 것이다. 그런 의미에서 나는 과도한 관계 의존도 일종의 질병이라고 생각한다.

반면 지혜로운 사람은 고독으로부터 두 가지 이점을 얻는다. 첫째는 자기 자신과 함께할 기회를 얻는다는 점, 둘째는 남과 함께하지 않을 기회를 얻는다는 점이다. 건강함과 밝음이 있는 사람은 혼자 있는 시간을 고난의 시간으로 여기지 않는다. 오히려 나 자신과의 설레고 즐거운 데이트라고 생각하는 것이다.

어차피 끝을 향해 달릴수록 혼자가 되어가는 삶, 과연 이 삶을 어떻게 준비할 것인가. 정답은 이미 너무도 명료하게 드러났다.

50

" 배울 점이
하나라도 있는 친구를 사귀어라 "

- 아르투어 쇼펜하우어 -

■ 진짜 친구와 가짜 친구

진심으로 내가 잘되기를 원하고 행복하게 살기를 원한다면, 무엇보다도 배울 점이 있는 친구를 사귀어야 한다. 인생 전체를 놓고 봤을 때 그런 친구만을 진정한 친구라고 부를 수 있을 것이며, 그가 지닌 것들을 평생에 걸쳐 가까이에서 흡수할 수만 있다면, 그것은 그 자체로 삶 전체를 밝히는 아주 귀중한 경험치가 되어줄 것이기 때문이다.

세상에는 진실한 우정과 잘못된 우정이 있다. 전자의 목표는 서로의 성공이지만 후자의 목표는 그저 단순한 쾌락에 그친다. 그러므로 우리에게는 건강한 인격을 갖춘 친구가 필요한 것이다. 비록 그 친구가 내게 건네는 말이 지금은 쓰디쓴 비판의 말일지라도 멀리 봤을 때는 더 큰 달콤함을 기원하며 건네는 약과 같은 말이 되어줄 것이다.

물론 이렇게 진실한 우정을 찾아가는 여정은 더없이 험난할 것이다. 세상에는 우정이라는 가면을 쓰고 쾌락만을 추구하는 관계가 너무나도 많으며, 진짜 훌륭한 사람을 친구로 두다 보면 어쩔 수 없이 상대적인 박탈감도 함께 찾아올 수 있기 때문이다. 또한 우정이라는 것은 다른 말로는 불완전한 인격 두 개가 충돌하는 과정이기 때문에 금 가기도 쉽다. 그렇기에 대다수의 사람은 이러한 어려움들을 극복하지 못하고 시시콜콜한 관계만을 맺으며 늙어만 간다.

친구라는 말의 참뜻을 제대로 아는 사람은 아무에게나 함부로 친구라는 이름을 허락하지 않는다. 그러니 한 번쯤은 혼자가 되어 생각해보길. 이 우정이 단순히 술만 마시고 취하는 우정인지, 아니면 서로의 미래까지도 포괄하여 응원해주고 힘을 주는 우정인지를 말이다.

쉽지는 않겠지만 인생의 어려움을 함께할 친구를 구하기를 바란다. 그런 친구가 한 명이라도 있다면 위험과 맞닥뜨렸을 때 혼자가 아님을 감사하게 될 테니까.

51

" 사람들이 원하는 모습을
언제까지나 보여줄 수는 없다 "

- 아르투어 쇼펜하우어 -

■ 원만한 관계는 나로부터 온다

학문적으로든 사회적으로든 성공을 거둔 사람들이 공통적으로 갖고 있는 면모가 있다. 바로 상대방이 옳다고 생각하면 깔끔하게 인정하거나 칭찬하고, 나아가 그로부터 배울 점을 찾는 습관이 만들어져 있다는 점이다. 그런 겸손하면서도 진취적인 습관은 사람을 갈수록 위대하게 만든다.

하지만 그러지 못하는 사람이 태반이다. 도시의 많은 사람이 사실은 상대방이 옳다는 것을 알고 있으면서도 그를 인정하지 않고 배려하지도 않는다. 어떤 부분은 내가 맞으며 너의 어느 한 부분은 분명히 잘못되어 있을 거라며 고집을 굽히지 않는다. 그렇게 그들이 타인의 훌륭한 인격을 접했을 때 그를 무작정 시기하고 어떻게든 깎아내리려고 혈안이 되는 원인은 내면에 이렇다 할 자의식이 없기 때문이다. 나만의 중심을 잡아주는 기둥이 없이 상대방의 시선만 신경쓰며 스스로를 보기 때문이다. 그렇게 자신도 모르게 상대방의 입장이 되어 스스로를 판단한다.

자의식이 없다는 것은 나 자신과의 관계를 제대로 꾸리지 못하고 있다는 뜻이다. 나 자신과의 관계도 온전하지 못한 주제에 남과의 관계가 건강하기를 바라는 것은, 아무 일도 하지 않았는데도 하늘에서 급여가 떨어지기를 바라는 것만큼 어리석고 헛된 욕심에 불과하다.

그러니 진정으로 성공한 삶에 가까워지고 싶다면 타인과의 관계에 앞서서 나와의 관계부터 정립해나가야 한다. 나는 어떤 사람이며, 어떤 부분이 근사하며, 어떤 부분에서 가르침이 필요한지를 파악하며 내 안에 올곧은 기둥을 만드는 것이 급선무다.

그렇게 탄탄한 자존감을 만들어간다면 피부로 느껴질 만큼 성장하는 속도가 빨라짐을 느낄 수 있을 것이다. 내가 나를 부끄러워하지 않아야 사람들도 나를 부끄러워하지 않는다.

52

" 우리의 인생을
타인의 시선에서 벗어나게 하자 "

- 아르투어 쇼펜하우어 -

■ 타인의 의견에 매몰되지 말 것

한 달 급여를 훌쩍 넘기는 명품 의류를 사서 입는 사람.
진정한 미식보단 사진을 찍기 위해 값비싼 요리를 먹는 사
람, 분수에 맞지 않는 집과 차를 사는 바람에 빚에 허덕이는
사람… 이 사람들은 거의 보이는 것이 전부인 사람들이다.
자신의 상황이나 진정한 행복에 관해서는 고뇌하지 않는다.
그저 사진 몇 장과 동영상 한 편을 찍어 SNS에 게시하기 위
해 혈안이 되어 있을 뿐이다. 그러고는 게시물을 본 사람들
이 칭찬을 해주면 극도의 행복감을 느끼고 미적지근한 반응

을 보이면 세상에서 가장 불행한 사람이 된다.

얼마나 슬픈 삶인가? 나의 행복을 내가 다루는 것이 아니라 타인이 함부로 휘두르게끔 그대로 내버려두는 삶이란 말이다.

그러니 부디 당신만은 남의 의견에 너무 많은 가치를 부여하지 않기를, 눈을 씻고 다시 보면 아무것도 아닐 허영에 빠져 수단만을 챙기고 정작 진정한 삶의 목적은 놓아버리지 말기를 바란다. 단 하루라도 타인을 위한 삶이 아니라 온전히 나만이 가득한 삶을 살아보고 점점 더 그런 날을 늘려가기를 바란다.

남의 의견에 대한 과한 의식은 당신으로 하여금 불안과 공포를 품게 만든다. 사회적 동물인 인간은 무슨 일을 하든 타인의 의견에 신경을 쏟는다. 다르게 말해보자면, 우리가 느끼는 걱정과 두려움의 상당 부분이 남에 대한 의식에서 생겨난다는 말이다.

하지만 이러한 진실을 깨닫게 된다고 해도 그러한 흐름에서 벗어나는 일은 몹시 어렵다. 인간은 원래 불합리한 존재이기 때문이다. 인간이 가진 이러한 타고난 불합리를 없애기 위한 유일한 방법은 그 불합리함을 그 자체로 명확하게 인식하는 것이다. 내가 잘못된 선택을 하는 것처럼 다른 사람 역시 나를 잘못 판단할 수 있음을 이해하는 것이다. 사람들이 나를 보며 내리는 대부분의 판단과 나에 관한 의견이 상당 부분 잘못되고 있다는 것을 불합리하게 여겨야 한다. 애초에 그들에겐 나를 판단할 권리도 없고, 그러므로 나는 그를 고려할 필요조차 없다는 것을 스스로에게 각인시켜야 하는 것이다.

만약 당신이 그러한 불합리에서 벗어날 수만 있다면 이후의 삶은 믿을 수 없을 정도로 평온해질 것이다. 훨씬 더 나로 가득한 건강한 일상이 매일매일 펼쳐질 것이다.

53

" 적당한 범위 안에서
관계들을 최대한 단순하게 정리하라 "

- 아르투어 쇼펜하우어 -

■ 넓은 곳에서는 불행이 자라난다

문명화된 사회에서는 사회 분위기 자체가 폭넓은 인간관계를 가진 사람들을 우월한 사람으로 대우하고 그러지 못한 나머지를 한 단계 아래의 계층으로 분류한다. 드라마나 영화에서도 주인공은 친화력이 좋고 모나지 않은 성격으로 그려진다.

각계각층의 사람들과 두루두루 잘 지내는 사람, 흔히 '인사이더'라고 불리는 이들에 대해 사람들이 단단히 오해하고 있는 것이 있다. 바로 그들이 관계를 넓게 형성함으로써 그 만큼이나 커다란 행복을 만끽하리라고 추측하는 것이다.

진실부터 말하자면, 그렇지 않다. 오히려 그들은 관계를 넓게 형성하면 할수록 더 많은 걱정과 문제 속에서 허우적대고 있다. 새로 사귄 사람이 사실은 자신에게 악의를 품고 있지는 않을까 불안해하며 아무런 이득도 목적도 없는 모임에 반강제적으로 참석해 행복한 연기를 할 때는 죽고 싶다는 생각마저 하곤 한다. 또한 나이가 들며 자연스레 관계의 범위가 축소되기 시작하면 과거의 영광에서 헤어 나오지 못해 지독한 절망감을 느끼기도 한다. 마치 전 세계를 여행하던 여행가가 불의의 사고를 당해 거동이 자유롭지 못하게 되거나, 일순간에 거지가 되어 여행은 커녕 일자리에서 평생을 보내야 함을 깨닫게 되고는 사형선고를 들은 사람마냥 망연자실한 표정을 짓는 것처럼 말이다. 노년기가 청년기보다 슬프게 여겨지는 것도 이 때문이다. 인생이 진행될수록 우리의 목적과 관계의 영역이 점점 확장되기 때문이다.

그런 의미에서 관계를 비롯한 모든 범위의 제한은 표면적

으로는 불행해 보일 수 있어도 궁극적으로는 행복을 가져다
준다. 애초에 경험한 것이 많지 않으니, 작은 조각만으로도
충분히 행복해할 수 있는 것이다. 그렇게 시야와 활동 범위
가 좁을수록 우리는 더 행복해지고, 앞으로의 여생도 이대
로 살아가면 나쁘지 않겠다고 생각하게 된다.

물론, 극도로 제한된 범위 안에서는 또 다른 문제가 생긴
다. 무시무시한 권태감이 뱀처럼 파고들어 똬리를 틀기 때
문이다. 권태감은 '무엇이든 해야 한다'는 생각을 부추겨, 도
박과 음주와 같은 파괴적인 길로 우리를 이끈다.

그러므로 적절한 지점을 찾는 것이 중요하다. 권태감을
일으키지 않는 적당한 범위 안에서 삶의 여러 관계를 단순
하게 정리한다면 행복은 머지않아 당신의 집 문을 두드릴
것이다.

54

" 상대방에게
너무 다정한 사람이 되어서는 안 된다 "

- 아르투어 쇼펜하우어 -

■ **소중할수록 무심해야 한다**

건강하고 평등하지 못한 관계는 권력관계로 전락하기 쉽다. 비록 그 관계의 전말이 명확하게 드러나지 않더라도 관계의 갑이 된 사람은 본인이 갑이 되었음을, 을이 된 사람은 철저히 을이 되어버리고 말았음을 동시에 깨닫고 만다.

하지만 을이 되었음에도 그 관계가 너무도 소중하거나 어떤 일에서든 실패하기를 두려워하는 사람은 그 관계가 이미 건강하지 못하게 돼버렸음을 알면서도 집요하게 갑에게 매

달린다. "너 없는 나는 상상할 수도 없어", "절대 나를 안 버릴 거라고 약속해줘"라는 말과 함께 그에게 함께하는 미래를 구걸한다.

하지만 역설적이게도, 그런 말을 듣는 순간 상대방은 환멸과 권태를 배로 느끼기 시작한다. 때로는 공포감마저 느껴서 이 관계는 완전히 질려버렸다며 줄행랑을 치기도 하는 것이다. 나와는 다른 온도감과 간절함으로 관계에 임하는 사람은 어쩔 수 없이 불편하게 여겨지는 게 사실이니까.

사람 간의 교제에서 내가 상대방보다 우월하다는 생각은 '사실은 그다지 내게 상대가 필요하지 않다는 사실'과 그러한 사실을 드러내 보이는 것에서부터 떠오르기 시작한다. 아마 위에서 말한 관계의 갑 역시 그러한 생각을 품었기에 갑이 될 수 있었을 것이다.

그러므로 사실은 상대방이 내게 몹시 필요하다고 할지라도 그리고 상대방이 남자든 여자든 늙었든 젊든 상관없이 모든 사람에게 '나는 당신 없이도 괜찮다'는 뉘앙스를 가끔은 풍겨주는 것이 좋다. 그래야 둘 사이의 관계도 더욱 두터워질 것이다.

절대 잊지 말아야 한다. 상대방이 내게 정말로 소중하고 귀한 사람일수록 우리는 그 사실을 마치 끔찍한 범죄라도 되는 것처럼 그 사람으로부터 숨겨야 한다. 썩 즐거운 일은 아니겠지만, 그것이 관계를 지킬 수 있는 거의 유일한 방법이다.

55

" 누군가의 잘못을 그냥 잊어버린다면, 그는 같은 잘못을 또 저지른다 "

- 아르투어 쇼펜하우어 -

■ 쉽게 용서하지 마라

사람은 누구나 실수를 한다. 그리고 그 실수로 인해 피해를 입은 사람은 가해자가 소중한 사람인 경우 그를 위한다는 이유로, 또는 '내가 이만큼이나 너를 소중하게 생각한다'는 걸 보여주기 위해 피해 사실을 억지로 잊으려 하기도 한다.

극소수의 선량한 사람은 그러한 마음에 공감해 다시는 같은 실수를 저지르지 않으려 애쓰지만 대부분의 사람은 '이 사람은 내가 조금 막 대해도 되는 사람이구나'라고 생각해 그에게 같은 실수를 저지른다. 심지어 처음만 어렵지 두 번은 쉬워서 더 상습적으로 그 사람을 구워삶으려 드는 경우도 있다. 사람은 우리가 믿는 것보다도 간사해서 그런 일을 고마워하기는커녕 그를 쉽고 만만한 상대로 여겨 더더욱 많은 것을 요구하고 더 큰 잘못을 계속 저지르기 시작하는 것이다.

그건 절대 착한 사람이 되는 방법이 아니다. 오히려 바보가 되기를 자처하는 일이며 결과적으로는 소중하게 여기는 그 사람을 더 악하게 만들고 그의 인격마저 더러워지도록 방치하는 일이 될 수도 있다.

누군가의 잘못을 무작정 용서하고 억지로 잊는다는 것은 자신이 한 사람에 관해서 겪은 귀중한 경험을 길바닥에 내던져버리는 것과 같다. 사람은 개개인이 하나의 세계이다. 그리고 한 사람과 관계를 맺는 일은 새로운 세계를 개척하는 일과 같다. 그 세계에는 아름답고 비옥한 장소도 있지만, 폭풍우가 몰아치거나 악취가 풍기는 구석도 있을 것이다. 당신은 여러 우여곡절을 겪으며 얻어낸 새로운 세계의 지도

를 찢어버리고 무작정 여행을 이어가는 사람을 여행자라고
부를 수 있는가?

　각각의 사람을 대하는 절차를 기록하고 기억해야 한다.
사람의 나쁜 특성을 잊는 것은 힘들게 번 돈을 아무 의미도
없이 낭비하는 일과 같은 일이다. 돈을 벌면 가장 먼저 나의
안위부터 챙기고 보는 것처럼 새로 알게 된 사람의 특성을
나의 삶에 응용하게 반영할 줄 알아야 한다.

56

" 때로는 믿는 척하고
때로는 믿지 않는 척해라 "

- 아르투어 쇼펜하우어 -

■ 게임에서 이기는 방법

순진한 사람들은 대부분의 관계가 배려와 애정이 가득한 아름다운 공원과 같을 거라고 믿지만 현실은 정확히 그 반대다. 대부분의 관계는 더 가져오고 덜 뺏기려는 사람들이 난투극을 벌이는 전쟁터에 가깝다. 겉으로는 웃는 얼굴로 나를 대하기에 속기 쉽지만 그 속내를 자세히 들여다보면 거기에는 그의 비밀과 그가 원하는 바가 숨겨져 있음을 깨닫게 된다. 관계란 그렇게 단정한 옷차림으로 수싸움을 벌이는 체스 게임과도 같다.

그런 게임에서 마냥 질 수만은 없기에 처세술을 익혀야 한다. 처세술은 사람들과 사귀며 세상을 살아가는 방법을 말하는데, 이러한 처세술에 능한 사람들은 관계에서 자신이 판단한 것과 정확히 반대로 행동하곤 한다.

이를테면 이런 것이다. 그들은 상대방이 거짓말을 하고 있다고 의심되면 그 말이 거짓말임을 알아도 그를 나무라지 않는다. 오히려 그의 말을 믿는 척한다. 그러면 기고만장해 진 그가 더욱 대담해지고 점점 커다란 거짓말을 하기 시작해, 결국에는 스스로 들켜버리는 악수를 둘 것을 알고 있기 때문이다.

또 반대로 상대방이 숨기려 하는 진실을 자기도 모르게 이야기했거나 우연에 의해 이쪽에서 먼저 알아버린 경우엔, 그들은 반대로 그것을 믿지 않는 척한다. 그러면 상대방은 그러한 반응을 보고는 흥분한 나머지 친절하게도 모든 진실을 하나하나 털어놓기 시작하는 것이다.

그렇게 밝혀진 진실은 나의 든든한 무기이자 보험이 되어

내가 원하는 바를 훨씬 더 잘 이룰 수 있도록 돕는다.

　좋게 좋게 갈 수도 있는 관계일 텐데 너무 손익만 따지는 것이 아닌가 하는 환멸에 휩싸일지도 모른다. 또 세상이 너무 삭막하게만 느껴질 수도 있을 것이다. 하지만 그러는 쪽이 매번 당하기만 하는 것보단 백번 나은 것도 사실이다. 진실과 진심은 언제나 살가운 표정과 말투 너머에 있다는 것을 잊지 말자.

57

" 분노나 증오를 보이는
가장 좋은 방법은 행동이다 "

- 아르투어 쇼펜하우어 -

■ 차갑게 화내라

누군가가 진짜 무섭게 느껴졌던 순간이나 아니면 '정말로 이 관계가 끝나버렸구나'를 실감했던 순간을 생각해보면, 온갖 험한 말과 표정을 쏟아붓는 기억보단 한기가 느껴질 정도로 싸늘한 정적 속에서 행동으로 분노를 보였던 기억이 더 많이 떠오를 것이다. 본인이 화가 났음을 내비치는 말과 행동에는 '앞으로는 제발 그러지 말라'는 일종의 신호가 숨겨져 있기 마련인데, 말과 표정이 아닌 행동으로 분노를 표출한다는 것은 나와 너 사이엔 미래도 개선의 여지도 없다는 것을 잔혹하게 보여주는 것이나 다름이 없기 때문이다.

마음이 분노로 들끓을수록 오히려 마음 바깥은 차가워져
야 한다. 분노의 표출이 뜨거우면 뜨거울수록 전달력은 떨
어지며 상황이 위험한 쪽으로 치닫거나 때로는 비웃음거리
로 전락해버릴 수도 있기 때문이다.

말이나 표정으로 분노나 증오를 드러내는 일을 완벽하게
피하면 반대로 그 감정을 더욱 완벽하게 전달할 수 있다. 요
란스러울 정도로 심하게 짖어대는 치와와는 귀여움을 받는
반면 언제라도 목을 물어뜯을 것 같은 독사는 가만히만 있
어도 공포의 대상이 됨을 잊지 말자.

58

" 세상에서 나만 우울해하고 있다는
착각을 버려라 "

- 아르투어 쇼펜하우어 -

■ 우울 앞에서의 연대

현대인들은 우울에 너무도 쉽게 집어삼켜진다. 물론 과거에도 우울한 사람들은 있었을 것이다. 다만 우울감이 마치 숨겨야 하는 범죄 사실처럼 여겨졌던 사회 분위기 탓에 표면적으로 그 수가 많지 않아 보였을 뿐이다. 하지만 그러한 사항들을 고려하더라도 현대인들은 과거보다 우울에 더 쉽게 노출되곤 한다. 기술의 발전으로 꼭 회사에 모여서 일할 필요가 없게 되었기에 고독해지기가 쉬운 것도 이유가 될 수 있고 타인의 생활을 더 쉽고 간편하게 들여다볼 수 있게 됨으로써 그들의 삶과 내 삶을 비교하게 되는 것도 한몫했을 것이다.

우울이 만연해졌다 보니 개개인의 건강 저하를 막는 것이 지구적으로 최우선의 과제가 된 것이 사실이지만 사회적으로도 부수적인 문제들이 드러나고 있다. 그중 하나가 바로 개인주의의 가속화이다.

사람들은 자신에게 주어진 우울을 감당해내느라 피곤한 상태에서 새로운 열정과 의지를 필요로 하는 일이 나타나면 우울함을 면죄부로 삼아 그 일에 나태하게 임한다. 나아가 주변에서 누군가가 고통을 호소하더라도 그 고통에 무감각해져서 별다른 조치를 취해주지도 않는다. 당장 내가 슬퍼서 죽겠는데 다른 사람의 고통쯤이야 대수로운 일이겠는가?

사람이 우울의 망령에 그렇게 완전히 정복당하고 나면 그의 영혼엔 오직 분노만이 남게 된다. 외롭고 지치고 남과 비교돼서 화를 낸다. 그러다가 자신이 분노 그 자체가 되었다는 사실에 존재 자체가 타오를 정도로 화를 낸다. 그래서 그 분노를 가라앉힐 수만 있다면 얼마나 많은 양의 사물이 됐고 얼마나 많은 수의 사람이 됐든 이 세계 전부를 희생시켜도 상관없다는 결론을 내리고 만다. 나의 우울만이 이 우주에서 가장 커다란 화두라고 여기게 되는 것이다. 그것은 우울로부터 태어난 너무도 커다랗고 삐뚤어진 자의식이다.

"친절해라. 우리가 만나는 사람은 모두 힘든 싸움을 하고 있다."

이러한 세태를 예견하고 한 말일지는 모르겠지만 이미 오래전에 플라톤도 그런 말을 남겼다. 우울은 나만의 것이 아니다. 길을 걷다 마주치는 이름도 모르는 사람들에게도 나름의 우울은 있다. 그렇게 우리는 다들 각자의 싸움을 하고 있으니 피차 힘든 사람끼리 서로를 측은하게 여겨야만 할 것이다. 그러한 눈물겨운 움직임들을 우리는 인류애라고 부를 수 있을 것이다.

59

" 자신감이 넘치는 사람은
오히려 과묵하다 "

- 아르투어 쇼펜하우어 -

■ 실력자를 알아보는 법

두 명의 신인 권투 선수가 대결을 앞두고 인터뷰를 하기 위해 한 장소에 모였다. 대중들조차 두 선수에 대한 정보가 없었기에, 그 인터뷰를 보기 위해 제법 많은 청중이 몰렸다.

청코너의 선수가 등장한다. 그 선수는 신인답지 않은 화려한 옷을 입고 뛰어나와 여유 넘치는 표정과 제스처로 청중들에게 인사를 건넸다. 그러고는 거만한 자세로 의자에 앉아 자신이 얼마나 강하고 빠른지에 대해, 앞으로 쓰러드리고 싶은 선수들에 대해 거침없이 토해내기 시작했다.

다음으로는 홍코너의 선수가 등장했다. 그 선수는 아주 차분한 걸음걸이로 걸어 나와 마찬가지로 차분한 표정으로 청코너의 선수를 바라봤다. 청코너의 선수가 화려한 언변으로 여러 차례 그를 도발했지만 홍코너의 선수는 미동도 없이 그를 바라보기만 하다 아주 작게 미소만을 지었다.

다음 날, 경기의 결과는 충격적이었다. 1라운드 만에 홍코너 선수가 청코너 선수를 압도적인 경기력으로 때려눕혀 버린 것이었다. 그는 인터뷰 때의 차분함은 온데간데없이 폭풍처럼 몰아치는 주먹으로 상대를 무력화시켰다.

경기가 끝난 뒤, 장내 아나운서가 그에게 물었다.

"오늘 경기력과는 달리 인터뷰에서는 다소 의기소침한 듯한 느낌까지 받았었는데요, 하루 만에 무슨 일이 있었던 거죠?"

홍코너 선수가 다시 차분한 미소를 지으며 대답했다.

"사실 어제도 저는 제가 이길 것을 알고 있었습니다. 저는 제게 재능이 있다는 걸 알고 있었고 재능이 있음에도 피를 깎는 노력을 오랫동안 해왔거든요. 그래서 별다른 화려한 말을 준비할 필요가 없었어요. 자신 있었으니까요."

이 이야기를 들을 때마다 자신감이라는 말과 허영심이라는 말이 동시에 떠오른다.

자신감은 내가 우월하고 잘났다고 생각하는 데에서 생겨난다. 쉽게 말해서 개인의 내면에서 생겨나는 감정이다. 하지만 허영심은 자신감과 비슷한 듯 하면서도 아주 다르다. 왜냐하면 허영심이라는 감정은 개인의 내면에서 생기는 게 아니라 개인의 바깥쪽 그러니까 타인으로 하여금 내가 우월하다고 여기게끔 하는 것이기 때문이다.

그러므로 자신감이 넘치는 사람은 어차피 내부로부터 그 감정이 샘솟고 있으니까 굳이 다른 말을 하거나 행동을 취할 필요가 없다. 그러나 허영심만 있는 사람은 어쨌든 타인이 나를 우월하다고 여기게 하기 위해선 나를 보게 해야 하니 화려한 옷을 입든 큰 목소리를 내든 이력을 화려하게 적어놓든, 이목을 끌어야 하는 것이다.

눈치가 빠른 사람들과 시장은 의외로 똑똑하다. 시끄러운 사람은 사실 별 볼 일 없고 오히려 가만히 있는 사람들이 훨씬 더 고평가할 만한 사람이라는 걸 잘 알고 있다.

내적인 실력과 신념이 진짜 자신감을 만들어준다. 그리고 사람을 사귈 때마다 허영심과 자신감을 잘 구분해야만 좋은 사람을 가려내 곁에 둘 수 있게 될 것이다. 지금 당장 주변만 둘러봐도 아마 각각의 사례가 되는 사람들을 금방 찾아볼 수 있을지도 모른다.

60

" 판단할 기회를
남에게 양보하지 마라 "

- 아르투어 쇼펜하우어 -

■ **권위라는 이름의 함정**

"이거요? 선생님이 해도 된다고 했는데요?"

"유명한 대학교의 연구 결과니까 우린 이걸 무조건 따라
야 해."

"공자의 말씀에 의하면, 군자는 편안하지만 교만하지 않
고 소인은 교만하지만 편안하지 않다고 했어."

선생님에서 시작해서 대학교를 거쳐 공자에 이르기까지,
권위 있는 사람의 말이나 의견을 빌려가며 의사소통을 이어

가는 사람들이 있다. 나는 그것이 자존감이 없는 사람들이나 일삼는 비겁한 일이면서도 간편하고도 중독성이 높은 일이라고 생각한다. 그 얄량한 방법이 사실은 의외로 사람들에게 잘 먹혀들어 결국은 그들이 의도하는 대로 대화가 흘러가기 때문이다. 하지만 나는 그들의 그런 말하기 방식을 들을 때마다 그를 가로막고 이렇게 말하고 싶다.

"아니, 다른 사람 의견 말고 난 네 이야기가 듣고 싶어!"

그러면 아마 그 말을 들은 사람 중 열에 아홉은 꿀 먹은 벙어리처럼 아무 말도 못 할 것이다. 그들은 혼자 오롯이 판단을 내리는 일에 능숙하지 않기 때문이다.

제대로 된 판단을 내리기 위해선 스스로의 사색이 반드시 요구된다. 조금 더 쉽게 말해보자면 지금 내 앞에 던져진 화두에 대해 충분히 비판하고 보완하고 새롭게 정립하는 과정이 있어야 한다는 점이다. 그렇게 심사숙고 후에 내리는 판단에는 좀처럼 후회가 남지 않는다. 혹여라도 좋지 못한 결과가 나온다고 하더라도 말이다.

반면 충분한 사색의 과정이 없이 내린 판단에는 후회만 남는다. 좋지 못한 결과가 나왔을 땐 그 판단을 대신해준 어떤 명언이나 명사를 원망하게 되고, 좋은 결과가 나왔을 때도 실은 온전히 혼자서 내린 판단이 아니기에 보람을 느끼기가 어려운 것이다. 나아가 당장은 스스로가 현명한 선택을 내렸다고 생각해도 그것은 멀리 봤을 때는 착각일 확률이 높다. 스스로 내린 판단이 아니기에 결국 언젠가는 또 다시 누군가의 시스템에 갇혀버리고 말 것이 뻔하기 때문이다.

그러므로 판단을 타인에게 의존해선 안 된다고 강조한다. 판단과 권위를 혼동해서는 안 된다. 세상 사람들은 어려운 문제에 부딪혔을 때 흔히 통용되어왔던 권위를 따르면서 의기양양하게 그것이 스스로의 판단이기라도 한 것처럼 착각한다. 권위를 갖춘 말을 인용했을 뿐이면서 마치 자신이 직접 고안해낸 결론인 것처럼 스스로를 속여버리는 것이다.

권위 있는 사람의 말을 빌려왔다고 해서 당신에게 하루아침에 똑같은 권위가 생길 리가 없다. 왜냐하면 대부분의 권위 있는 사람들은 이미 죽은 지 오래고 그 사람의 말은 옛날의 말이 되어 있으며 혹 그 사람이 살아 있다고 해도 언젠가 뱉었던 그 말에 대해 지금은 틀렸다고 생각할 수도 있기 때문이다.

권위 있는 사람들의 말을 듣고 유식하다고 반응하며 감화되는 사람들 또한 조심해야 한다. 그런 사람들 역시 판단을 스스로 하기를 어려워하는 사람들이라서 그 말에 감동한 것이며, 비슷비슷한 수준의 사람들끼리 모여서 스스로를 갉아먹고 있기 때문이다.

권위 있는 사람들의 백 마디 말보다 당신이 직접 사유한 끝에 내놓은 한마디 말을 더욱 보석처럼 여겨라. 그것이 다이아몬드처럼 영원에 가깝도록 부서지지 않는 마음가짐이 되어줄 것이다.

쇼펜하우어 인생수업

: 한 번뿐인 삶 이렇게 살아라

© 쇼펜하우어 저 | 김지민 엮음

초판 1쇄 • 2024년 2월 16일
초판 10쇄 • 2024년 12월 03일

지은이 • 쇼펜하우어
엮은이 • 김지민
펴낸이 • 김영재
마케팅 책임 • 염시종
디자인 • 염시종
제작처 • 책과6펜스
펴낸곳 • 주식회사 하이스트그로우
출판등록 • 2021년 5월 21일 제2021-000019호
이메일 • highest@highestbooks.com

ISBN • 979-11-93282-04-5